JN327082

到来する沖縄

沖縄表象批判論

新城郁夫 著

インパクト出版会

『到来する沖縄——沖縄表象批判論』目次

序章　不可能としての「自画像」

思わず目をそむけてしまいそうになるのは、私が私であることの自明性を奪われてしまうようなおののきに襲われてしまうからなのか。沖縄文学と呼ばれるものを読むという行為のなかで、時として、自らを見失うような不安な感覚にとらわれることが、やはり、ある。しかもそれは、ゴッホの自画像に直面した時に感じた言いようのない焦燥感や、あるいは、メイプルソープの晩年のセルフ・ポートレイトから受けた斬りつけられるような痛みの感覚ともどこか通じていて、自画像というものの困難と不可能性を私に思わせる。

狂気に襲われる自らを描くゴッホの自画像や、免疫不全症候群（エイズ）という「私」が「私」であることの病を生きるメイプルソープの写真が、自己を表出するという行為の根拠を揺るがすように、沖縄文学そのものがまた、自画像の確かな輪郭を私から奪おうとするのである。描かれた瞬間から、そこに写された何者かが得体の知れぬ他者となって自分をよそよそしく眼差しはじめるのが、ほかならぬ「自画像」というものの逆説だとするならば、たしかに、沖縄文学について私が何事かを語ろうとすることは、困難としての自画像の成り立ちに重なっているようにも思えてくる。

たとえば、次のような言葉を読むことを通じて、沖縄文学をめぐる自画像は、いよいよ見定めがたい謎となって立ちはだかろうとする。

僕らが僕々と言つている　その僕とは、僕なのか　僕が、その僕なのか　僕が僕だつて、僕が僕なら、僕だつて僕なのか　僕である僕とは　僕であるより外には仕方のない僕なのか　おもふにそれはである　僕のことなんか　僕にきいてはくどくなるだけである

（山之口貘「存在」から、詩集『思弁の苑』一九三八年）

言明することの困難のなかに顕現するこの詩のなかの「僕」の位相ほど、沖縄文学というものの孕む混沌の豊饒さを明らかにするものもないだろう。「僕である僕とは　僕であるより外には仕方のない僕なのか」という言葉がたたえている「自画像」を描くことの困難は、ここで決して言葉とはならない「沖縄」という一語を背後に潜ませながら、倒立した自画像を私たちに想起させようとしているのではなかったか。追いつめられた発話の淵で、自分を語ることは、そして沖縄を語ることは、いかにして可能か。むしろ、自画像を明解に描き得ない苦悩のなかにおいてこそ、未だ獲得され得ぬ〈沖縄〉は手繰り寄せられようとしていると言うべきだろう。

むろんのこと、困難としての自画像、あるいは不可能としての自画像を模索していたのは貘ひとりではなかった。たとえば、新川明の「…私は今更のように振り返り　私の後につづいた世界の重さにとまどってしまうのだ　深夜　見知らぬ街のプラットホームで方向を失った旅人のように　あるいは深夜　どこまでも尾けてくる黒い自分の影に激しく恐怖するように」（「みなし児の歌」一九五五年）という言葉の切迫のなかに、あるいはまた、その新川への愛憎に満ちた批判を書きつけた清田政信の「ことばにせきたてられて闇を走るのは　内閉に苦しむ　白面のかたくなな青年でなければならない　日を陽に曝し　失語の内側で試みられる　叫びが祈りに酷似するとは…」（「日常の敵意」一九八〇年）という詩句の痛ましさのなかにも、沖縄を生きる者にとっての自画像の困難は、ひとしく刻まれている。こうした言葉に向き合うとき、自分の影に追われ、失語を抱え、自分自身を見失うような危機が、私自身にもまた訪れているような気もするのだ。

その意味で言えば、少なくとも私にとって、沖縄文学を読みそしてこれについて書くという行為は、自己の確認などではあり得なくて、むしろ、「自分」を見失うためのいたずらな試みであるようにも思えてくるのだし、さらに言えば、沖縄を見失うための衝動のようなものであると感じられさえする。特に、そうした思いが自らのなかに膨らみはじめたのは、目取真俊「水滴」（一九九六年）と崎山多美「風水譚」（一九九七年）という二つの小説と出会ったことによっていることは確かなようで、むしろ、この二つの小説を読むことを通じて感じることのできた、沖縄をめぐる「自画像」の解体と再創造の可能性が、それまで頑なに沖縄と関わることを拒んでいた私を、沖縄文学を読むという迷路に導いていったとさえ言えるように思える。

だが同時にその時、沖縄をめぐる自画像の政治性とも言うべき違和感に突き当ったことを、今に忘れない。それは、目取真俊の「水滴」が芥川賞を受賞した際に提示された石原慎太郎の選評の言葉への、曰く言い難い嫌悪感に関わっている。そのとき私は、強要されそして奪われるものとして、沖縄をめぐる「自画像」があることを知らされたのだった。

既知の表情としての自画像を描くことの不可能や、あるいは、自画像を確信をもって提示することの困難さのなかにこそ、沖縄文学と呼ばれるもののもっとも大切な部分があるはずなのに。そうであるはずなのに、沖縄（文学）をめぐる「自画像」は、時として、と言うより、多くの場合、押しつけられそして横領されているのではないか。

そうした思いにとらわれることになった要因として、目取真俊の小説「水滴」が芥川賞を受賞した際の、選考委員の一人であった石原慎太郎の選評の言葉を読んだ時に感じた私自身の強い違和感がある。石原の言葉を今ここで引用するのは、そのいっけん好意的とも読める選評の言葉に感じた違和感のなかにこそ、沖縄をめぐる自画像の政治性が露呈しているからにほかならない。

それにしても不思議な印象の出来映えではある。やはり戦争体験なるものは沖縄にとってただ遺産というにとどまらず、今日もなお財産として継承されているという、沖縄という地方としての個性を明かした作品ともいえる。／あの戦争の記憶が世代を変えこうした形で記録されていくなら、やがて遠い将来、あの沖縄の雅な歌たちにどのようになって表されのこっていくのだろうかと、ふと思った。

（石原慎太郎「あらためての、沖縄の個性」『文芸春秋』一九九七年九月号）

既に多くの批評や研究が提示されている目取真の「水滴」に、さらなる解説めいた言葉は控えたい。ただ、「水滴」という小説が、ここで石原が言うような「戦争体験なるものは沖縄にとってただ遺産というにとどまらず、今日もなお財産として継承されているという、沖縄という地方としての個性を明かした作品」などでは断じてないことは指摘しなければならない。語りえない、という戦争の記憶の表象的限界をこそ語ろうとする、危うく背反する試みのなかにこそ、小説「水滴」の可能性があり、そうした表現の実践においてこそ、「つねに現在的な現象であり、永遠に現在形で生きられる絆」（ピエール・ノラ『記憶の場』）としての沖縄戦の記憶の再発見がなされたのではなかったか。にもかかわらず、その「水滴」をして、「沖縄という地方としての個性」を発現した小説として囲い込み、さらには、沖縄戦の記憶を、おそらくは琉歌のことを指しているると思われる「雅な歌」という美意識のなかに回収していこうとするのが、石原の錯誤に満ちた「選評」であった。

「国民の歴史《ナショナルヒストリー》」に対する最も尖鋭な批判と毒を回避しつつ、「地方としての個性」という都合の良い沖縄の自画像が、あたかも根源的で本質的なものでもあるかのように語られそして横領され語られるという事態。石原慎太郎の「水滴」評価は、そうした事態を、もっとも良く明らかにした言葉であったと言うべきであり、ここで露呈しているのは、「沖縄の自画像」といった認識が内包するいかがわしさであったと言うべきだろう。

しかも警戒すべきは、こうした「沖縄の自画像」の生産・流通・消費のサイクルが、今や、沖縄を生きる私たちの日常の四囲に張り巡らされていることであって、たぶん、もはやなんびとも、こうした「自画像」ゲームの呪縛から自由ではない。いつでも、どこでも、誰からともなく、立証可能な「自画像」の提示を要求され、これなら了解してもらえるのではないかという自己監視の果てに、おずおずと自分の影らしきものを差し出してみる。そうした申請と許可の応答のなかで、沖縄をめぐる「自画像」は、いよいよ歪でしかも美しく整形された表情をたたえ始めている、そのような思いから自由になれない。

「沖縄という地方としての個性」といった了解可能な範疇においてのみ「自画像」を描くことを許され、さらに言えば強いられているのが、現在の沖縄であって、その沖縄を生きる者はひとしく自らの影に追われそしてついにはその影に捕縛されようとしているのではないだろうか。そしてついには、「自画像」は私たちを飲み込んでいくだろう。

だからこそだろうか、今、「僕である僕とは　僕であるより外には仕方のない僕なのか」（山之口貘「存在」）という言葉が、胸にせまる。「自画像」を描くことの一歩手前で立ち止まり、その困難と不可能に向き合おうとする貘の言葉にこそ一縷の希望が見出されるのでなければならない。

「お前は何者だ」という尋問と、「何者かであり続けろ」という脅迫のなかで、「幾つもの自画像」が引きずり出されているのが沖縄の今だとするならば、私は、貘の言葉に、そして新川明や清田政信の言葉に励まされるようにして、自らの「自画像」を静かに見失いたいと願う。

第一部

反復帰・反国家論の現在

「にっぽんを逆さに吊す」

来るべき沖縄文学のために

1　無知の効果

柳田国男や折口信夫、あるいは、佐藤惣之助や広津和郎、そして島尾敏雄や大江健三郎、はては現下の小林よしのりに到るまで、日本近代文学という言説の磁場において、沖縄は、「日本」あるいは「日本人」という国家・国民の同一性を捏造するための参照軸として、数限りなく言及・表象されそして棄却されてきた対象である。換言すれば、沖縄という対象について言及するという行為によって、自らの起源や同一性を想像的に措定しようとしきた欲望の痕跡として、日本近代文学の軌跡があったとさえ言えるだろう。

こうした沖縄表象にかかわる日本近代文学の言説機能それ自体を、サイードの言うオリエンタリズムという認識論的暴力の作動として把握していくことは今や常套的と言えるし、そうした指摘自体に正当性があることは疑えない。むしろ、日本近代文学そして日本近代文学研究という領域が孕むオリエンタリズムを批判的に考察していく試みは、今なお全く不十分であり、

「ポスコロ」「カルスタ」といった蔑称において、植民地主義の継続という歴史政治性が忘却され、あたかも時流的ジャーゴンの地平において植民地主義批判それ自体が消費され尽くされたかの如き危機管理的言説が発動される現在、むしろ、沖縄という対象にかかわる日本近代文学の言説の政治は、その知の権力性を、根底から問い直されなければならないだろう。日本近代文学そして日本近代文学研究という領域は、沖縄を如何に対象化しその対象化の過程において、いかなる知の権力性を発揮してきたのかという点は、持続的にしかも批判的に問い直されていかなければならない課題であるはずである。

しかし、ここで重要なのは、日本近代文学における沖縄の対象化という知の権力性を批判的に問う作業が、〈無知〉の権力性へのまなざしにおいてこそ反転的に問い直されていかなければならないということである。むしろ、日本近代文学がいかに沖縄を表象してきたかという問題構成には明らかに不備がある。日本近現代文学ひいては近現代日本が、沖縄をいかに表象してはこなかったかという点こそが問われなければならない。つまり、表象―表象の不在という認識論的地平において、沖縄に関わるいかなる固有性が抹消されてきたのかが今こそ思考し直されなければならないということである。そうした沖縄にかかわる表象の不在性への凝視において、ようやく、日本近代文学が自らの無知の権力性をいかに巧妙に作動させてきたかという政治的抗争の局面が露呈されてくるはずである。

言うまでもなく、この場合、無知であることは、それ自体極めて権力的な形態である。知の体系は、無知という無限定的な暴力を通じて、はじめて「対象」を対象として固着化し得るのであり、ある「主体」が自らを「主体」として位置づける過程において、ある「対象」に対して無知であることあるいは無知であることを装うことは、その「対象」に対する「主体」の政治権力的優位性を象徴化する機能を持つ。

たとえば、セジウィックは次のように指摘している。「無知の効果は、おそらく近代の西洋文化における人間活動のうちでももっとも強力な意味の場であるセクシュアリティの周辺で、様々に目立った強制のために、大規模なスケールで活用され、認可され、そして規制され得る。たとえば、レイプした男性が〈気づかなかった〉と主張できる限り(この無知こそ男性のセクシュアリティが念入りな教育を受けているものだ)、レイプされた女性が何を知覚し何を必要とするかは、まったく問題にならない。それほど男性と無知とは同時に特権化されている」[1]と。このセジウィックの指摘は、無知が、それじたい「念入りな教育」によってもたらされた「特権」であり、かつ「男性」的セクシュアリティと不可分に連結しつつ、近代的諸制度を貫く「レイプ機構」を作動させていることを明確に指摘している点において重要である。

この場合「男性」とは、支配、啓蒙、開発、管理、強姦、といった諸権力作動において形成される近代的主体に与えられた名に他ならず、そして言うまでもなく植民地主義的主体の別名にほかならない。重ねてここに、「文化的簒奪という強姦」に「植民地的本質」を見出していくデリダの思索[2]をも読みとどけていくならば、「男性と無知とは同時に特権化される」というセジウィックの「主体」批判が、植民地主義批判の中心的課題に連動していくことはもはや贅言を要さないであろう。〈気づかなかった〉という「主体＝男性」の抗弁において、植民地主義的簒奪という「強姦」が合法化されていくのだとするならば、まさに、その無知を構成する言表の権力的配置こそが明らかにされ、そして解体されていかねばならない。そして言うまでもなく、そうした解体作業は、沖縄という植民地を、表象という認識論的カテゴリーに囲繞しつつこれを簒奪し、同時にその簒奪に関わる全てについて〈気づかなかった〉と言い逃れていこうとする暴力の策動への警戒と批判において開始されなければならない。この時、問いは還る。「日本人」という「主体」の形成に与って、沖縄はいかにして無知をめぐる認識論的非対称性のなかで、その歴史政治性を棄却されてきたのか。どのように語られそして語られぬことを通じて、沖縄は、不在化されてきたのか。

2 明仁の沖縄

沖縄という「対象」に対する植民地主義暴力が、無知という認識論的暴力を介しつつ、「日本人」という「主体」の形成として作動するということ。なにはさておきそのプロセスが析出されていかねばならないのだが、ここで私たちは、その最たる例を、明仁という一人の文学者の沖縄に関わる言説のなかに見出すことが可能である。

その父である昭和天皇・裕仁とは対照的に、現天皇である明仁は、自らと沖縄との関わりを極めて「文学的」なイメージによって表象しそして隠蔽する術を体得している表現者であると言うべきだろう。その存在自体において一個の象徴＝イメージであることを法的に義務づけられているこの文学者は、沖縄への接近とそして沖縄の忌避を、文学というメディアを利用しつつ遂行するという点において、日本近代文学のある種の規範を演じ演じさせられてきたとさえ言い得る。一九七五年の公式会見で、ロンドンタイムズの一記者に否定し得るはずもない自らの戦争責任を糾されて、「そういう言葉のアヤについては、私は文学方面はあまり研究していないので、よくわかりませんから、そういう問題についてはお答えできかねます[3]」と、その父裕仁が自らの「無知」をうそぶいてみせたその同じ年、皇太子として初めて沖縄を訪れ、「ふさかいゆる木草　めくる戦跡　くり返し返し　思ひかけて」という琉歌を詠んで見せたのが明仁その人である[4]。つまり、明仁にとっての沖縄とは、「文学」以外のなにものでもなく、その明仁によって、沖縄は完膚無きまでに文学化されてしまうのである。

その最初の沖縄訪問から三〇年後、ちょうど一世代経て、今度は天皇となった明仁は、二〇〇四年一月の「国立劇場おきなわ」開館に合わせて沖縄の地を踏むこととなる[5]。この出来事において看過され得ないのは、この政治的パフォーマンスが、これ以上ないほど文学的な修辞性において遂行されたことであって、そこでの明仁の言動は、日本近代文学と沖縄との関係をめぐる権力的構図を極めて明白な形で露呈させる。

この来沖において、明仁が、沖縄を如何に表現しそしていかに表現しなかったか。その点を少し詳しく見ていこう。明仁は、この来沖にまつわる感慨を、琉歌という琉球文学の代表的文学形式を横領しつつ表現しているのだが、その経緯を、沖縄の地元紙『沖縄タイムス』の記事は簡潔に伝えている。

> 昨年一月の国立劇場おきなわの開場記念公演（こけら落とし公演）で、組踊「執心鐘入」を鑑賞した感想を琉歌にした天皇陛下の御製が十四日、宮内庁から県に示された。御製は次の通り。

国立劇場沖縄に開き執心鐘入見ちゃるうれしや

（『沖縄タイムス』二〇〇五年九月三〇日）

息を呑むばかりの稚拙さに溢れたこの琉歌もどきに、だが、王権論的かつ統治行為的痕跡が極めて濃厚に留められている点を見逃してはならないだろう。この歌のなかに詠みこまれている「執心鐘入」とは、言うまでもなく、琉球文学の核心というべき玉城朝薫の組踊五番のなかの一つである。そしてこれまた言うまでもなく、組踊とは琉球王国が朝貢していた中国（朝薫の時代で言えば、「明」）からの使者・冊封使をもてなすために演じられた「国劇」であり、それは琉球王の代替わりの承認を明朝から得ることを記念する、すぐれて政治的なパフォーマンスであった。その組踊が日本の「国立劇場」において天覧されるという事件は、いうまでもなく、〈琉球―沖縄〉をめぐる帰属問題という、今現在にまで及ぶ中国と日本との間の領土的欲望の抗争と極めて密接に関わる。その意味で、この歌に刻まれた「国立」といういっけん何気ない言葉は、日本国家の、植民地沖縄に対する継続的統治を宣言し記念する行為の発現となるほかないのである。むろんのこと、明仁はそうした歴史政治性に対しておよそ「無知」を装い無邪気に「うれしや」と言ってみせるだけである。だが、こうした無知あるいは無知の擬装においてこそ、沖縄に関わる表象は、その政治権力を極めて有効に発揮していくと言うべきである。加えてここで注目すべきは、この歌に先立って発表された「お言葉」であって、この「お言葉」こそは、近代日本と沖縄をめぐる植民地主義的歴史性を、「文学」がいかにして隠蔽するかという事態を、過剰なまでに露呈させている。来沖直前に公式記者会見で語られた明仁の「お言葉」に溢れた

文学主義こそが、まずは読み解かれなければならない。

今度の沖縄県の訪問は、国立劇場おきなわの開場記念公演を観ることと、それからまだ行ったことのない宮古島と石垣島を訪問するということが目的です。しかし、沖縄県と言いますと、私どものまず念頭にあるのは沖縄島そして伊江島で地上戦が行われ非常に多くの、特に県民が、犠牲になったということです。この度もそういうことでまず国立沖縄戦没者墓苑に参拝することにしています。この沖縄は、本当に飛行機で島に向かっていくと美しい珊瑚礁に巡らされ、いろいろな緑の美しい海がそれを囲んでいます。しかし、ここで五八年前に非常に多くの血が流されたということを常に考えずにはいられません。沖縄が復帰したのは三一年前になりますが、これも日本との平和条約が発効してから二〇年後のことです。その間、沖縄の人々は日本復帰ということを非常に願って様々な運動をしてきました。このような沖縄の人々を迎えるに当たって日本人全体で沖縄の歴史や文化を学び、沖縄の人々への理解を深めていかなければならないと思っていたわけです。私自身もそのような気持ちで沖縄への理解を深めようと努めてきました。私にとっては沖縄の歴史をひもとくということは島津氏の血を受けている者として心の痛むことでした。しかし、それであればこそ沖縄への理解を深め、沖縄の人々の気持ちが理解できるようにならなければならないと努めてきたつもりです。沖縄県の人々にそのような気持ちから少しでも力になればという思いを抱いてきました。そのような気持ちから沖縄国際海洋博覧会の名誉総裁を務めていた機会に、その跡地に「おもろそうし」という沖縄の一六世紀から一七世紀にかけて編集された歌謡集がありますが、そこに表れる植物を万葉植物園のように見せる植物園ができればというつもりで提案したことがあります。海洋博の跡地は潮風も強く、植物の栽培が非常に難しいと言っていましたが、おもろ植物園ができ、一昨年には秋篠宮妃が子供たちと訪れています。また、同様の気持ちから文化財が戦争でほとんど無くなった沖縄県に組踊ができるような劇場ができればと思って、そのようなことを何人かの人に話したことがあります。この劇場が、この度開場記念公演を迎えるということで本当に感慨深いものを感じています。沖縄は離島であり、島民の生活にも、殊に現在の経済状況は厳しいものがあると聞いていますが、これから先、復帰を願ったことが、沖縄の人々にとって良かったと思えるような県になっていくよう、日本人全体が心を尽くすことを、切に願っています。(二〇〇三年一二月一八日、宮殿石橋の間での記者会見。引用は、宮内庁ホームページ http://www.kunaicho.go.jp/kisyakaiken/kisyakaiken-h15.html から。傍点は筆者)

「歴史をよく学んでいるだけに琉球侵攻についても率直に語っている。ごまかしがない。人間味を感じる」(外間守善『琉球新報』二〇〇三年一二月二三日)といった、沖縄側からの賛辞を引き出しもした明仁のこの「お言葉」には、沖縄を文学的記号と化すことによってこそ「日本人全体」という国民統合が謀られ、そしてその統合の象徴として天皇が定位されるという近代日本の政治力学が、これ以上ないほどまでに露わとなっている。そしていうまでもなく、この言葉においては、沖縄の人間はその言説の外部に完全に締め出されている。

まず注目すべきは、自らと沖縄との関わりのもっとも起源的な出来事として、自らがその血をひく島津の琉球侵攻（一六〇九年）を強調する明仁の言葉が、四〇〇年前の「琉球侵攻」を語ることで、近代日本における沖縄と天皇制との最も暴力的な交差となった「琉球処分」（一八七九年）をその言説から排除することに成功している点である。自らの祖先との関わりにおいて近現代日本の植民地主義の歴史を粉飾するという点で言えば、この来沖の約一年前二〇〇二年日韓共同ワールドカップサッカー開催の際、「私自身としては、桓武天皇の生母が百済の武寧王の子孫であると続日本紀に記されていることに、韓国とのゆかりを感じている」と発言していた明仁だが、ここでも『続日本紀』という記紀時代の文学が語られることで近現代の帝国日本による朝鮮半島植民地支配が隠蔽されていたのだった。明仁のいっけんタブーに踏み込んだとも見える「お言葉」は、タブーを文学によってコーティングするのである。

こうした言表は、語ることを通じて語られることない領域を産出していく運動と言い得る。それは、語ることを通じて歴史認識の政治性を無効化してく言表行為とさえ言い得るだろうし、沖縄は、まさに語られることを通じて無知の権力構図の下に配置されるのである。

ここでまず、「おもろさうし」という一六世紀から一七世紀にかけて編集された王権論的テクストである歌謡集を読解し、これを国民に紹介するという位置に自らを配置する明仁の沖縄の人々への思いが、沖縄の「日本復帰」にその焦点を結んでいることは重要である。「沖縄が復帰したのは三一年前になりますが、これも日本との平和条約が発効してから二〇年後のことです。その間、沖縄の人々は日本復帰ということを非常に願って様々な運動をしてきました」という言葉において、沖縄の人々は、「日本復帰」を望みそれを叶えられた人達としてのみ表象されるわけであり、この時、国体護持のみかえりとして沖縄の米軍支配継続をマッカーサーに請い願った裕仁の「天皇メッセージ」(一九四七年)や「復帰」前後沖縄で盛んに議論された反復帰論・反国家論の一切は抹消され、同時に、アメリカという「戦後」東アジアにおける最大の軍事的支配者はその影さえ掻き消されてしまう。そうした抹消を可能にしているのが、いうまでもなく、「おもろさうし」そして「組踊」という琉球文学にほかならない。つまり、明仁は、ここで極めて初歩的な琉球文学の常識を語ることを通じて、沖縄の歴史政治性に関する無知を、明確な権力性として演じてみせているのである。

「復帰を願ったことが沖縄の人々にとってよかったと思えるような県になるよう、日本人全体が心を尽くすことを切に願っています」という奇妙に屈曲した言葉に見出されるべきは、「日本人全体」という統合にむけてこそ天皇の文学的私心が語られ、それへの同調が明確に要請されているということであるだろう。この「私心」をひたすらに聞き入り「心を尽くす」者の位置どりをこそ、明仁は「日本人」と呼んでいるのであって、しかも、このとき明仁は、「日本人全体」に対して、自らの下に「復帰」してきた「沖縄の人々」のありようを、おそろしく粗雑な文学的イメージとして紹介する位置に立っている。しかも、そうした明仁の「日本人全体」に対するナイーブな教導は、「おもろさうし」という王権論的テクストをほどほどに理解する者としての位置からなされているのである。このいっけん沖縄文化の独自性を言祝いでいるかの如く見える明仁の「お言葉」は、その実、「日本人全体」という国民統合の物語への参入をここで明確に要請しているのであって、そこで言及されている「おもろさうし」や「組踊」といった沖縄の文学は、日本人全体の統合の媒体に過ぎない。「復帰」を語ることで米軍占領のことが認識から排除され、戦争で失われた「文化財」のことが語られることで、沖縄戦で死んでいった日本人に限られない多くの人々のことが忘却させられようとしている明仁の言葉においては、実は、沖縄の文学が語られることによって、戦後東アジアにおける植民地主義継続そして冷戦という熱い戦いのなかに押し込められてきた沖縄の歴史的現在を語るというそのこと自体が封じられている。つまり、明仁は、いまだ沖縄を知らぬ者として自らを政治的に宙づりにしつつ、その無知を担保とした文学的想像力において、沖縄をめぐる現実的コンテクストから完全に身を引くのである。

だが、こうした無知の権力性と無関係であり得た沖縄にかかわる日本近現代文学が、はたして存在したためしがあるだろうか。柳田国男から小林よしのりに到るまで、むしろ近代日本の言説は、沖縄を語ることで沖縄に関わる政治を消去し、その反作用において、「日本」といういかがわしい同一性を構築してきたのではなかったか。

3　大江健三郎の沖縄

こうした、沖縄への近代日本の表象の暴力を、おそらくは、もっとも早い時期において批判的に思考しようとしたのが大江健三郎であり、その『沖縄ノート』（一九七〇年、岩波新書）において、「日本人」の沖縄への無知の権力性がかなり踏み込んで批判されていることは、再評価されて良いと思われる。大江の『沖縄ノート』は、そこに開示された「日本人」の主体化の倒錯性、ホモエロティクスの呈示によるジェンダー規範の解体的契機、女性恐怖と沖縄表象との接合性、沖縄の「日本復帰」前後における労働力移動と資本の関係、などといった極めて重要な思考の契機を包含している点において、一九七〇年前後の沖縄に関わるテクストとして極めて重要にして優れた記述であることは、いまあらためて強調されるべき事実だと考える。沖縄に関わる姿勢について、「無知であることが、精神の健康あるいは単なる無邪気さの維持のためには望ましい。しかし、無知の酷たらしさということもある」（九〇頁）と書き記すことのできたこの小説家は、次のような言葉をも書いていた。

> 現になお天皇制が実在しているところの、この国家で、民主主義的なるものの根本的な逆転が、思いがけない方向からやすやすと達成される可能性は大きいだろう。そのとき、《天皇は、日本国の象徴であって、この地位は、主権の存する日本国民の総意に基く。》という憲法の言葉は、そのまま逆転のための根本的な役割を荷いうるだろう。／そして、僕はそのように考えることでもまたあらためて、沖縄にゆきあたるのである。沖縄の民衆にとって天皇とはなにか、主権の存しない日本国民たる沖縄の民衆にとって天皇とはなにか、と考えつめていくことで天皇制にたいする態度の、生きた多様性にふれるならば、そこに抵抗の根源的な動機づけの手がかりはあるであろう。（六一頁）

時を経ず、まさに同時的に発表されている吉本隆明「異族の論理」（『情況』一九六九年一二月）における、国家以前の「縄文的」な「南島の基層」に天皇制を無化する可能性を幻視するようなそれ自体神話的な言説[6]に比して、主権を持たざる者たちによる政治的変革の可能性を天皇制と沖縄との関わりにおいて見出している点において、大江の指摘は重要な視点を啓いている。つまり、主権の不在という、沖縄の法政治的例外化を批判的に思考しつつ、主権のない存在がその法政治的例外性ゆえにおいてこそ、天皇制への制度批判の拠り所となる可能性を持つという思考の契機がそこに見出せるということである。この点において、大江の言葉は、沖縄の現在に繋がる、極めて示唆的な政治的思考を展開していると言える。更に言うならば、沖縄の人間のみならず、主権概念から篩い落とされていく「法外」化された存在、たとえば、在日外国人、セクシュアル・マイノテリティ、精神疾病者、無国籍者、破産者、失踪者、難民……といった人々による抵抗の到来をもそこに横滑りするように読み込んでいくことが可能なようにさえ思われるのである。「現になお天皇制が実在しているところの、この国家で、民主主義的なるものの根幹的な逆転が、思いがけない方向からやすやすと達成される可能性は大きい」という大江の言葉が、あまりにオプティミスティックな見通しだとしても、その夢想を書く事の意味と、その言葉を読む事の意味は、今まさに大きいと言わねばならぬだろう。

しかし、その大江の『沖縄ノート』ですら、そこに「日本国民たる沖縄の民衆」という一語を何気なく差し入れる事によって、沖縄を語る行為を、国民主義的な思考の枠組みに囲い込んでしまっている点はやはり批判されなければならない。とくに、そうした大江の国民主義＝「日本人」論的発想は、『沖縄ノート』のなかで、基本動機となって何度となく反復される次のような言葉のなかに明らかである。

日本人の属性にかかわる歪曲と錯誤について、僕は自分がそれから自由であるということはできない。端的にいって、沖縄について恥知らずな観察と批評がおこなわれるたびに、あれが僕自身の観察だ、あれが僕自身の批評だ、と僕の認めざるを得ない経験はしばしばあった。

その意味においても、僕が沖縄に旅行することは、ついに個人的な展望を出ないことは確かであるにしても、日本人とはなにか、このような日本人ではないところの日本人へと自分を変えることはできないか、とそこから浮上することのむつかしいペシミズムの淵の底を蹴りつつ考えることなのである。(一七頁)

大江において、沖縄を語る行為は、常に、日本人としての自己否定を介した「このような日本人ではないところの日本人へと自分を変える」という目的《エンド》＝終点へと収斂していく。そして、ついに沖縄は、「日本人」論の圏内で反射鏡として動員され、そして「日本人」の変革のための媒介とされてしまう。むろんのこと、そこには、大江の日本人としての自己否定という契機が確かに存在する。だが、「自己否定」という契機それ自体が、ジャン・L・ナンシーが的確に指摘しているように、「絶対的対―自の形式だが、それはまた、絶対的なるもの一般の形而上学、完全に分離され、区別され、関係というものをもたずに閉じられた絶―対者としての存在の形而上学[7]」と呼ぶべき「主体の形而上学」に還元される知の操作にほかならない以上、結局は、『沖縄ノート』さえもが、「日本人の属性」と大江自身が書き記すところの「対―自」的な認識論のなかに閉じられてしまっていると言わねばならないだろう。つまり、『沖縄ノート』においてすら、知と無知との結託による表象権力が作動していると考えられるのである。

たとえば、沖縄に関する歴史政治的知識が確かな広がりと深みをもって披見されている『沖縄ノート』において、そこで言及されている沖縄の女はただの二人であり、しかも大江の診たてによればそれは「狂女」である。つまり、ここにも、表象の不在と無知の権力は見出されるのであり、大江の言説においてすら、沖縄は、「日本人」という「主体」を倒立的に立ちあげるための、内なる他者として、イメージとして取り込まれそして回避されてしまうのである。ここで、沖縄は、二人の狂女という他性を奪われた他者表象において棄却されてしまっていると言うほかなく、あからさまなまでの女性恐怖《ミソジニー》において、大江の『沖縄ノート』は自らのうちに不在と排除の力学を呼び込んでいるのだ。

むろん、明仁と大江が、沖縄にかかわって同じ地平を彷徨っているというわけではない。しかし、この同年輩の二人の表現者が、沖縄に関わろうとする時、「日本人」という主体の形成にその最終的な方向性を見出そうとしている点は閑却しえないところである。問われるべきは、「日本人」という主体の形而上学の圏内から離脱し、これを破砕していくような、沖縄にかかわる言葉の運動であるはずだ。

4 新城貞夫の〈沖縄〉

そこで、最後に、新城貞夫というおそらくはほとんど無名の、しかしおそらくは最も重要な沖縄の表現者の言葉を、ここに召還したいと思う。明仁、大江とほぼ同年輩のこのサイパン生まれの沖縄の歌人(8)は、日本語において日本という国家と日本語という国語を切り裂いていくという希有な試みにおいて、日本近現代文学と沖縄との関わりのなかに特異な切断線を引き、その相互補完的構図に深い裂坑を示し得た数少ない文学者と言えるだろう。

大江の『沖縄ノート』のなかで、「沖縄の民衆の戦後はじめての、総合的な抵抗運動であった一九五六年の土地問題闘争において、琉球大学の学生が六名、退学処分を受けて一名が謹慎処分を受けたが、『琉大文学』はそのうちの四名を同人につらねているところの、そのような雑誌であった」と書き記されている、その雑誌『琉大文学』に、一九五九年に初めて短歌を発表し、その後驚くべき密度をもった歌を発表し続けたこの表現者は、大江の『沖縄ノート』が刊行された翌年、一九七一年に歌集『朱夏　新城貞夫歌集　1964～1969』（幽玄社）を出版している。そのなかの幾つかの短歌をここに拾い上げ、米軍占領下の沖縄において短歌が書かれるという抗争的地平において、日本そして日本語が喰い破られていくその亀裂を読みとどけていきたい。

なにゆえにわが倭歌《やまとうた》に依り来しやとおき祖《おや》らの声つまづける

にっぽんを逆さに吊す忌の景色、青年は樹のごとく裸なる

いまだわが国の滅びは熟れずして蒼紺として荒き海原

これらの歌は、沖縄が米軍占領のただ中にあった一九六〇年代後半に書かれている。その時代的文脈を踏まえてこれらの歌を読むとき、そこに刻まれた日本語が何よりもまず、日本語そして日本そのものへの闘争に差し向けられていることは注目されなければならない。たとえば、はじめにあげた歌において「なにゆえにわが倭歌《やまとうた》に依り来しや」という言葉が、「とおき祖《おや》」の声として歌人の内部に響いているとも読みうるのだが、しかし、「とおき祖《おや》」にとってこの歌に書き記されている「やまとことば」が「わが倭歌《やまとうた》」という領有において語られるはずなどない

ことはすぐにも知れる。言うまでもなく、植民地沖縄にあって「わが倭歌《やまとうた》」は皇民化教育の痕跡以外ではなく、強迫的とも言える知への意志に基づき沖縄の少数エリートによって獲得された日本語の形式こそが「倭歌《やまとうた》」であり、それは徹底的なまでに宗主国の象徴資本である。だからこそ、「とおき祖《おや》」たちの「声」は「つまづける」ほかないのであり、その「祖《おや》たち」の日本語における「つまづき」は、この「倭歌《やまとうた》」そのものを詠む歌人自身の「つまづき」となって還流しその主体を傷つけないではおかない。つまりは、この歌においては、書き付けられた日本語が倭歌そのものの自然さに激しく抵抗しているのであり、その抵抗において日本語それ自体が引き裂かれていこうとしているのである。この引き裂きにおいて、日本あるいは日本語は、その同一性の危機に瀕している。加えて重要なのは、この同一性の破砕は、この歌の言説主体である歌人じしんに逆照射され、言説の統御機能をも同時に奪っているということである。この歌は、実のところ「なにゆえにわが倭歌《やまとうた》に依り来しや」という声を、歌人自身の内言として聞くことも可能であり、とすれば、今度は、この歌は、日本語＝やまとうたによって感性的支配を受けている新城貞夫自身の植民地身体における、「とおき祖《おや》らの声」すなわち沖縄語への「つまづき」をこそ提示しているとも読めてくる。この決定不可能な両義性において、この歌は、意味的確定を施し得ない、それ自体が行為遂行的矛盾をはらんだ言葉の反乱となっていくのである。

　こうしたいわば言葉の戦争は、二番目の歌においては、あまりなまでに直裁に「にっぽん」の葬送への願いとなって提示される。しかもここでも、歌のなかで「樹のごとく」生命感に溢れたエロスを匂い放っていいはずの青年の裸は、樹＝忌の景色のなかで宙づりにされるばかりで、ここでも短歌そのものによって短歌の死が予感させられ日本語には死の影が曳き寄せられている。これが三番目の歌になると、国の滅びを待ち焦がれる歌人の「わが国」という言葉の矛盾において、いよいよ日本そして日本語がその自明性を奪われようとしていると言うべきだろう。

言うまでもなく、この歌人が沖縄でこの歌を詠んでいるその時、沖縄の人間にはいかなる意味でも「わが国」など無いのであって、それ故にこそ、この歌における「わが国」という言葉は、「わが国」そのものによって本土防衛の為の「捨て石」として地上戦に曝され、「戦後」はサンフランシスコ講和条約によって全ての旧植民地の人々とともに「わが国」から棄てられた沖縄の人間の、日本・日本語・日本人との暴力に満ちた抗争を露呈させないではおかない。「わが倭歌」「にっぽん」「わが国」という言葉が書きつけられたその瞬間から、日本をめぐるあらゆる「主体」「主権」「主語」は根底からその前提を奪われ、それらに関わる帰属性を巡る政治性を問われていくことになる。

こうした沖縄と近代日本との戦争の継続を今のいまにおいて想起し見届けていくためにも、最後にもう一首、あまりにも重要なその歌を読んでみよう。次の歌が提示されるとき、いよいよ日本と沖縄は「戦争の継続」という抗争そのもののなかに互いの「主体」の危機を見出すことになると言えるだろう。

坂下るニグロは肩を落としつつ去るボクラ　モウ　愛セヌモノヲ

「戦後」一貫して日本国家の安全保障の名目のもと、アメリカの東アジア全域侵攻の前線基地とされ、そしていままさに「米軍再編」という名の軍事覇権暴力のもと、ふたたび戦場化されていこうとしている沖縄の歴史的コンテクストのなかにこの歌を置いてみるとき、日本近代文学と沖縄との関係に刻印された傷痕の最も痛ましい姿が見出されてくる。全てが日本語によって書かれているこの短歌は、その日本語によって近現代日本が沖縄との関係において発動してきた帝国主義的暴力を、特にベトナム戦争に焦点を当てながら露呈させつつ、みずからを日本語の秩序の圏内から離脱せしめようとしている。

ベトナム戦争下、前線基地として戦場化された沖縄のある坂道で、沖縄の一人の男と「ニグロ」の米兵が交差する。その時、歌人の身体のなかに鬱勃と湧き上がってくるのが「ボクラモウ愛セヌモノヲ」という言葉だ。既に、短歌という日本語の形式に支配されているこの歌人の言語的身体において、しかし「ボクラモウ愛セヌモノヲ」という言葉は、厳しく日本語そして日本そのものを拒絶している。愛する「ニグロ」にけっして伝わるはずもない「ボクラモウ愛セヌモノヲ」という愛の断念において語られようとしているこの「ボクラ」の愛は、日本語という国語の閾を超出し、日本語を裏切る。そして同時にこの歌はまた、近代国家システムとその近代国家システムの基礎を形成する軍隊制度の根幹に存在する異性愛主義的セクシュアリティを切り裂き、そこにホモエロティックな欲望の呼びかけを開示する。その意味で、この歌が顕現させているのは、日本及び日本人を解体していく日本語の自己矛盾する侵犯の力であり、そして「国語」化された日本語に刻印されたジェンダー規範と人種概念を切り裂いていく言葉の裏切りの力である。このとき、日本語は日本語という同一性の解体に曝されている。そしていうまでもなく、この脱日本語化した日本語によって、沖縄と近代日本を巡る政治、すなわち、国家と地方、国語と方言、男と女、支配者と被支配者、といった、対立するが故に相補的に互いを立ちあげるような政治の規範的秩序の解体が予感されてくるのである。

この反乱的な予感おいて、沖縄そして沖縄文学は、近代日本文学ひいては近代日本そのものに対して「戦争の継続」の呼びかけを止めることがない。新城貞夫の歌は、まさにその戦争継続を日本語のつまずき、矛盾、抗争のうちに顕現させる。

戦争終結などいついかなる時においてもなされてはいない。そのことを、歪んだ日本語たちが沖縄という媒介を介して私たちに告げている。そこで問われているのは、この戦争の呼びかけに応えるべき近代日本文学および日本近代文学研究の存立の可否である。その応答責任を、このまま閑却しつづける限り、内閉していく日本近代文学そして日本近代文学研究というイデオロギー装置に、存在する意味も資格もない。

註

(1) E・K・セジウィック『クローゼットの認識論　セクシュアリティの20世紀』(外岡尚美訳、青土社、一九九九年、原著一九九〇年)、一三―一四頁。

(2) ジャック・デリダ『たったひとつの、私のものではない言葉　他者の単一言語使用』(守中高明訳、二〇〇一年、岩波書店、原著一九九六年) 四三―四四頁。

(3) この裕仁の「文学方面」発言に関しては、多くの研究が触れているが、ここではさしあたって、ハーバート・ビックス『昭和天皇　下』(吉田裕監修、岡部牧夫・川島高峰・永井均訳、講談社、二〇〇二年）の二七五頁を参照。なお、この発言にも言及しつつ、裕仁と日本近代文学の関連を論じる記述として、拙論「天皇・カニバリズム・東京裁判　武田泰淳『ひかりごけ』の逆光」（池田浩士責任編集『文学史を読みかえる8　〈いま〉を読みかえる　「この時代」の終わり』インパクト出版会、二〇〇七年）を参照いただきたい。

（4）この皇太子明仁の来沖に際して、ひめゆりの塔で、火炎瓶事件が起きている。この事件および、当時の警察による過剰な住民監視などをめぐる沖縄の状況については、火炎瓶事件の当事者である知念功『ひめゆりの怨念火《いにんび》』（インパクト出版会、一九九五年）参照。

（5）国立劇場おきなわ開館にあたっての天皇明仁および皇后美智子の来沖に関しては、沖縄においては賛否あった。ここでは、数少ない正面からの批判的意見として、目取真俊「地を読む、時を見る（7）みんな知ってる、戦時下の基地の島で」『沖縄タイムス』二〇〇四年一月六日と、田仲康博「劇場としての沖縄」『沖縄タイムス』二〇〇四年二月一〇日を参照。

（6）たとえば、吉本隆明「異族の論理」（『情況』一九六九年一二月）における次のような論述。「わたしたちは、琉球・沖縄の存在理由を、弥生式文化の成立以前の縄文的、あるいはそれ以前の古層をあらゆる意味で保存しているところにもとめたいとかんがえてきた。そしてこれが可能なことが立証されれば、弥生式文化＝稲作農耕社会＝その支配者としての天皇（制）勢力＝その支配する〈国家〉としての統一部族国家、といった本土の天皇制国家の優位性を誇示するのに役立ってきた連鎖的な等式を、寸断することができるとみなしてきたのである。いうまでもなく、このことは、弥生式文化の成立期から古墳時代にかけて、統一的な部族国家を成立させてきた大和王権を中心とした本土の歴史を、琉球、沖縄の存在の重みによって相対化することを意味している」。なお、こうした「古層沖縄」の恣意的利用の論理については、早くは、村井紀『増補・改訂　南島イデオロギーの発生』（太田出版、一九九五年）、あるいは花田俊典『沖縄はゴジラか』（花書院、二〇〇六年）の批判がある。
（7）ジャン・L・ナンシー『無為の共同体』（西谷修・安原伸一郎訳、以文社、二〇〇一年）一〇頁。
（8）新城貞夫に関する研究批評は管見の限りほとんど無いのが現状だが、わずかに佐藤通雅「敗北の後新城貞夫「花明り」解説」（『花明り　新城貞夫歌集』沖積社、一九七九年）がある。なお、新城貞夫の歌集としては、第一歌集『夏・暗い罠が』（一九六三年）、第二歌集『朱夏　1964～1969』（幽玄社、一九七一年）、第三歌集『花明り』（沖積社、一九七九年）などがある。

沖縄・歌の反国家

新城貞夫の短歌と反復帰反国家論

1　反国家としての沖縄

たとえば、次のような言葉がまことしやかに語られるとき、一九七〇年前後、沖縄という占領地において、未然の可能性のうちに国家概念そのものの基底を破壊しようとした、反国家論・反復帰論の広がりと深化は、あたかもその存在自体が無かったかのごとく抹消されてしまうことになるのだろうか。

日本は沖縄にとって「祖国」であり、「祖国」に復帰することによって自らの曖昧な地位を解決することができると、考えた。そのような認識を政治的に表現したものが日本復帰運動であり、この運動の結果、一九七二年五月一五日、沖縄は日本に復帰して再び四七番目の県となった。つまり、沖縄の住民は所属すべき国家が日本であることを選択したのである。

（高良倉吉・大城常夫・真栄城守定『沖縄イニシアティヴ』ひるぎ社、二〇〇〇年、四五頁）

だが、こうした言説が逆説的に暗示してしまう界面こそ、「沖縄の住民は所属すべき国家が日本であることを選択した」という根拠の不在性であり、沖縄にとっての「祖国」という概念の不可能性であると、そう考えることも可能である。ここで重要なのは、沖縄の「日本復帰」を既定事実として言挙げしようとするこうした言説が、その性急な断定において、その断定せんと目論む「事実」と全く反する事実と可能性を、対抗的な言説配置において開いてしまうという、矛盾した行為遂行性を不可避的に孕んでいる点であるにほかならない。沖縄にとって「祖国」が日本である（らしい）こと、沖縄住民の「選択」によって、沖縄の「日本復帰」が為された（らしい）こと、そうしたことを小渕首相（当時）参加のもと開催された国際フォーラム（一九九九年）において発言し、「安全保障の面で沖縄はわが国のなかで最も貢献度の高い地域として存在する」（前掲書、五〇頁）ことを強調するこれら琉球大学の三教授たちは、彼ら自身の反復強迫的言説そのものによって、その国際フォーラムの場に、戦後沖縄における反復帰反国家論を亡霊を呼び覚ますように招き入れ、その潜在的可能性の命脈を露呈させてしまっていると言うべきである。たとえば、「沖縄の住民は所属すべき国家が日本であることを選択したのである」と高らかに述べられる言葉は、おのずと次のような言説を、歴史の奥から引きずり出してくることになるだろう。

かんじんの個々の「沖縄住民」は、復帰運動の生誕以後、復帰の是非について、その意思を問われる機会を内外ともに、ただの一度も持たなかったのであり、一九五一年の日本復帰促進期成会等による全有権者の七二パーセントの復帰要求の署名のほかは、復帰が、沖縄の民衆の「悲願」であったという実体的根拠は、どこにもありはしないのである。

（仲宗根勇「復帰元年の復帰思想」、『沖縄タイムス』一九七三年五月二四日）[1]

こうした沖縄の「日本復帰」に関わる無根拠性を提示する仲宗根勇の言葉は、沖縄住民をその意思決定の場から完全に排除した「日米合意」という軍事同盟上の約定のもと、辺野古岬への巨大米軍新基地建設が進められようとしている二〇〇六年現在の沖縄の状況においてその批評的有効性を発揮し、二〇〇六年現在における反復帰・反国家論の再生を呼びかけていると、そのように読み得る。沖縄における反復帰・反国家の思想が、仲宗根が指摘するように、「国家が死滅し、あるいは自由連合的なインターナショナリズムが、正当に沖縄の地位と機構を保障する時まで続く」のであるならば、沖縄における反復帰・反国家論は、常に現在形において読み返されていくべき思想的課題と言わねばならぬのではないか。その意味において、一九七〇年前後、沖縄から波状的に提示された反復帰反国家論を、過去の思想史的シーンに回収するのではなく、ネオリベラリズムと新保守主義との結託による新たな統制と排除による国家暴力が、その専制の動きを強化しつつある現況に対する思想的抵抗の拠点として、今こそ読み返していく必要があるだろう。

だが、戦後沖縄の「日本復帰」運動そして反復帰・反国家論を戦後思想史の布置のなかに位置づける研究は、小熊英二の先駆的分析[2]を含めてもやはりまだ十分に展開されているとは言い難い。「米国の支配から一日も早く脱却して、日本国民として真の独立と自由をかちとるために戦い、更に日本政府は国民の幸せと民族の統一をはかるために、国連に対して沖縄県が速やかに返還されるよう強く提訴していただく[3]」ことを要請する声を挙げて結成された「沖縄県祖国復帰協議会」(一九六〇年四月結成)が、一九七二年の「復帰」直前には、「いま本土政府ペースで実現されようとしている復帰は、まさしく沖縄に対する「処分」であり、それは沖縄県民が、考えの左、右の区別なく、不安と動揺のるつぼにあえいでいる実体がなによりの証である[4]」と批判的総括をせざるをえなくなっていく過程のなかに復帰運動の展開があったとするなら、その復帰運動の論理に内在する「国家」幻想を根底から批判するところに反復帰・反国家論の特質があったと言えるだろう。それは、「領土と主権の回復をめざすことで階級支配の永続的固定化を図る国家(日・米)の国家目的に、より高い(あるいは深い)次元で合致するばかりではなく、そのような国家目的を究極的には大衆的基盤で下から強力に補強する役割を担わされることにしかならなかった」(「非国民と思想の論理」、初出、叢書『わが沖縄第六巻　沖縄の思想』木耳社、一九七〇年)という新川明の復帰運動批判[5]や、「「復帰運動」のなかで「異民族の支配からの脱却」が、ひとつの運動目標として設定されたとき、それは日常生活の感覚(アメリカに対する異質感や危機感)が「共同体生理」において増幅されたものを、そのまま表現に定着したものに過ぎなかった。その反面、そういう日常生活での危機を救抜するものして「祖国」が幻想的に美化されることになり、その意味で思想として論理性を欠くものとなった[6]」という岡本恵徳の言説にも明らかである。

むろん、反復帰・反国家論の思想的中軸に、新川明、川満信一、岡本恵徳、といった戦後沖縄を代表する批評家たちが存在することは疑い得ないし、そのことは、この三人の代表的論文が収録された叢書『わが沖縄第六巻　沖縄の思想』の刊行や、雑誌『新沖縄文学』第十八・十九号（沖縄タイムス社、一九七〇年一二月号及び翌年三月号）に発表された幾多の論考が、この当時の反復帰反国家論の核心を形成している事実からも知られる事実である。だが、これらの論者以外にも、既述した仲宗根勇や松島朝義ら後続世代による諸論、また島尾敏雄「ヤポネシア論」や吉本隆明「異族の論理」の系譜から、更には大沢正道らの戦後アナーキズムの流れもその思想圏に関わってくる。また、こうした反復帰・反国家論へ政治的距離を保ちつつ日本国家と沖縄の関係のあり方を文化論として思考つづけた大城立裕や米須興文、あるいは民族的統一戦線というテーゼにおいてこれを激しく批判した日本共産党機関誌『前衛』における反・反復帰論など、一九七〇年前後における沖縄の反復帰論・反国家論の射程は決して一様ではなく多岐にわたっている。加えてここに、現時点における仲里効による一連の「一九七二オキナワ　映像と記憶」（『未来』二〇〇四年五月〜継続連載）をも見晴るかすならば、その思想的影響は測り知れない広がりを今なお有すると言えるだろう。

しかし、こうした沖縄の反復帰・反国家論の射程が、文学研究において正面から論じられるということは無きに等しかった。また、新川明、岡本恵徳、川満信一らに明らかなように、戦後沖縄思想の中心的な場に文学が存在したにも拘わらず、その「文学」を、思想史や歴史学という領域が積極的に思考の対象とはしてこなかったという事情もある。だが、「復帰」前後のこの沖縄の地において、多くの若き青年たちが、復帰問題を思想のテーマにして、復帰闘争と何らかの形でかかわりながら、やがて、思想の対象を復帰問題を回路とする原点的思考から大きく飛翔して、〝思想そのもの〟の獲得へ向け、数限りない議論を積み重ね、おびただしい詩が書かれ、強靱な思想の萌芽が噴出した」[7]ところに、一九七〇年前後の沖縄における反復帰・反国家の可能性が見出されるのであるならば、まさに詩と思想とをその混沌のさなかにおいて読み、その「萌芽」のなかに隠し持たれていた、日本国家そしてあらゆる国家に対する沖縄からの拒絶の声を聞き届けていく必要が今ある。

たとえば、反復帰・反国家論の代表的論客である新川明によって、「わたしたちの存在（沖縄の存在）は、そこで〈国家としての日本〉にとって、深くその体内に射込まれた毒矢となり、きわめて悪性の腫瘤となるだろう。あたかも壊疽のように、〈国家としての日本〉を内側から腐蝕し、これを爆破する可能性を持つ地域となるだろう」（前掲「非国民の思想と論理」一九七〇年）という言葉が書き重ねられる時、反復帰・反国家論は、沖縄を基点とする腐蝕の力学において、日本国家を内側から崩壊させていく力を要請していくことになる。その時、言葉こそがその力の確かな拠点となるのであり、同時に、「日本語」に他ならぬその言葉は、自らの日本語において日本語の解体をも書き込まないではおかないだろう。むしろ、反復帰・反国家論が文学という媒体を要請する時、そのときこそ、「壊疽」としての沖縄は、国家の地平を日本語においてきり裂き、そして、その日本語において日本語を腐蝕させていくだろう。

そして、おそらく、そうした反復帰・反国家思想における腐蝕の力学を、誰よりも確かに自らの日本語に刻み込み、またそうであるがゆえに、誰よりも深く自らの書く日本語の孕む暴力によってその「主体」を傷つけられた表現者こそが、新城貞夫という歌人であったと言えるだろう。[8]帝国日本の美学イデオロギーが集約されている〈短歌〉という言葉の器において、反復帰そして反国家を詠むという背理。その背理について、この歌人は攻撃的なまでに自覚的であった。「私には呪縛の文学というか、吃音の言語学というか、とにかく、そのようなものとして短歌があった」（「あとがき」『新城貞夫歌集　朱夏　1964～1969』幽玄社、一九七一年）と書き記す新城貞夫にとって、短歌という日本語の形式は、歌という美学であるより、まず何よりも「吃音の言語学」と名づけられるべき、それ自体つまづきの傷痕であり、そして内向する暴力の思想的痕跡であったとも考え得る。戦後沖縄文学・思想における最もラディカルな思考の発現の場となった雑誌『琉大文学』[9]の第一七号（一九五九年七月刊）に、「日本は忌中」と題された九首を発表して登場した二〇歳を超えたばかりのこのサイパン生まれの歌人は、その後、陸続と注目すべき短歌を発表していくことになる。皇民化の徹底の果て、太平洋戦争において「鉄の暴風」と呼ばれる凄惨な戦争被害を被った後、宗主国日本のサンフランシスコ講和条約によって、他の植民地と共に日本から切り棄てられ、朝鮮戦争そしてベトナム戦争前戦基地として米軍占領支配下におかれた植民地沖縄において、短歌を詠むという、自傷的ですらあったかもしれぬ行為に表現を賭けた歌人が新城貞夫その人である。以下に、その歌を読むことを通じて、歌における反復帰・反国家の思想的営為の行方を見ていこう。

2　「わが倭歌」の扼殺

なにゆえにわが倭歌《やまとうた》に依りきしやとおき祖《おや》らの声つまづける

（『新城貞夫歌集　朱夏　1964～1969』幽玄社、一九七一年、以下引用は全てこのテクストに拠る。）

その巧拙を能く論じ得ないが、だが、この歌が、歌を問い歌の成り立ちを挑発する歌であり、そして言語と民族という、すぐれて国家論的な概念設定をめぐる闘争に関わる歌であることは感知し得る。まず、この歌において読まれるべきは、「わが倭歌《やまとうた》」そして「とおき祖《おや》ら」という二つの言葉の間に働く、乖離と接合の背反的運動でなければならない。

字義通り解するとすれば、「なにゆえにわが倭歌《やまとうた》に依りきしや」と詰問する声が、「とおき祖《おや》」のものであり、その声こそが「つまづ」いている、と、ひとまずは読み得るだろう。だが、もし「わが倭歌《やまとうた》」すなわち「やまとうた」を、ここで、「とおき祖《おや》ら」という「民族」的伝統に由来する言葉の形式として、字義通り読もうとする時、読み手はそれこそ「つまづいて」しまわざるをえない。と言うのは、沖縄に関わる帰属の歴史政治性に深く介入していくこの歌のなかにおいて、「とおき祖《おや》」という言葉が、「日琉同祖論」的思考をめぐる闘争を、それを読む者の身体のなかに、惹起しないではおかないからにほかならない。もし「とおき祖《おや》ら」にとって「倭歌＝やまとうた」が「わが倭歌《やまとうた》」という帰属性と領有において語られるとするならば、そこでは「沖縄」という帝国日本の植民地の歴史政治的文脈が抹消されるという事態そのものが逆説的に浮上してくることになる。逆に今度は、「なにゆえにわが倭歌《やまとうた》に依りきしや」という言葉を、この歌人自身の内言、つまり、「とおき祖《おや》ら」の言葉＝沖縄語から隔絶され短歌的美意識と「日本語」に支配されてしまっているこの歌人自身の植民地的身体のなかに反響する声と聞くならば、そこにまとわりついて来る「とおき祖《おや》ら」の声の亡霊は、歌人への糾問と歌人自身の沖縄の言葉へのつまづきそのものを含意してしまう。この両義的な決定不可能性のなかで、この

「倭歌《やまとうた》」を詠む主体は、日本語そして「とおき祖《おや》ら」の言葉（沖縄語）いずれの極に対しても、つまづくしかない。(10) つまり、この歌には、国家・国語・国民の主体化作用を貫く〈依る―依らしむ〉力学をめぐる植民地主義的権力論のアポリアが、幾層ものメタレベルにおける「倭歌《やまとうた》」への介入となって遂行されていると言えるのである。

たとえば、新川明は、先述した「非国民の思想と論理」のなかでこう書いていた。「沖縄人の文化（意識）を考えるにしても、いわばヤマトゥ（日本国）の成立以前に及ぶ、ほとんど時間を無限遡行するほど遠い昔からこの島に住みついてきたわたしたちの祖先たちにまで思索の触手をのばしながら、そのような気の遠くなるほどの時間の堆積の中で形成されて今日に至っている文化（意識）を、その深層まで踏み込んでとらえつつ考察しない限り、文化（意識）の累層的な複合構造の解明は、およそ不可能であるはずだ」と。

ここでの新川の反国家論においては、「ヤマトゥ（日本国）」以前にまでいたる「時間を無限遡行」することで見出される「わたしたちの祖先たち」と、自身とはなにほどの懸隔もなく、同一化がはたされようとしている。つまり、日本という国家を「相対化」しこれに根源的な「異質性」を突きつける、沖縄の反国家的位相に、「祖先たち」との揺るぎない連続性が定位されようとしていると言ってもいいだろう。

しかし、その新川の反国家思想とは異なり、新城貞夫の短歌においては、そうした「祖先たち」との連続性はむしろ不可能なものとして提示されている。新城貞夫にとって、自らの表現はもはや帝国の言語たる「日本語」によって遂行されるほかなく、その臨界を生きることを通じて、逆にこの歌人は、「日本語」においてこそ、日本という国家の内部に潜行し、これを内側から「腐蝕」させ、自らの歌を「壊疽」へ変成せしめようと謀るのである。その点から言えば、認識論的水準において新川が提示し得ながら、まだその内実において具体的な言語的形式を示し得なかった沖縄における反国家という思想に、文学的実質を刻印し得ているのが、新城貞夫の短歌であったと、そのように言えるかもしれない。

もし、新川が指摘するように、「あたかも壊疽のように、〈国家としての日本〉を内側から腐蝕し、これを爆破する可能性」のなかにこそ、沖縄から提示される反復帰・反国家論の思想の核心が見出されるのだとしたら、その営為は、日本という国家の外部に自らの位置を措定することとしてではなく、まさにその国家の内部において自らを「壊疽」たらしめるような自己解体的試行として遂行されなければならないはずである。そして新城貞夫の歌こそは、その内的な「腐蝕」において、自らの歌において国家の廃棄を書き込んでいこうとするのである。そこでは、時間的遡行のなかで幻視される起源的沖縄は不在であり、また、「文化」的異質性としての沖縄が、日本国家を「相対化」する対立項として明示されることもない。むしろ、新城貞夫の歌において、沖縄はその徹底した表象の不在性のなかに投企されていると言うべきであり、沖縄という一語そして沖縄的事象の回避を、その歌の特徴として指摘することさえ可能なのである。翻って言えば、新城は、既知的カテゴリーから沖縄を放逐しつつ、日本国家との相対的関係のなかで沖縄を修辞的に形象化することを、その不在性において徹底して拒んでいるとも言えるだろう。この不在において、日本は、沖縄を取り込みつつこれを棄却してきた自らの帝国主義的暴力を撃たれるほかない。この逆説において、新城貞夫の歌は、歌において歌を切り裂き、国の滅びを予感させないではおかないのである。

爽やかに国棄て去りて生きくればふたたびの狗《いぬ》をわが悪《にく》みいき

わが国の滅びはいまだ熟れずして蒼紺として荒き海原

にっぽんを逆さに吊す忌の景色、青年は樹のごとく裸なる

みぞおちにあかき裂傷ある夏は国の滅びをわが謀りいき

むろんのこと、こうした歌そのものによって、国の滅びが実現され、反国家的企てが遂行され得ている、などと言うことは残念ながらできない。それどころか、やはり、ここに滅びの美学の類型性を出すことになにほどの困難もないし、反復帰・反国家思想が情緒の圏域へ回収されていこうとする危機が露呈されていることも否み難い。だが、まさにこの危機のなかにおいてこそ、短歌という美学イデオロギーが何を担保にして顕現し、その美学化を遂行しているかが、ここに転倒的に露出されていることをも看過してはならないだろう。

いうまでもなく、ここで切開されている「わが国」の歌は、「わが国」そのものの植民地主義あるいは帝国主義の歴史性においてその領域化を遂行しているのであり、それは、たとえば沖縄という植民地に生きる人間の「みぞおち」に「あかき裂傷」を刻みつけるような、日本語修得に集約化される皇民化の暴力においてこそ可能となった帝国拡大の徴候として読み返される

べき痕跡となるはずである。帝国日本の植民地において被植民者によって短歌が詠まれるまさにその時、歌を詠むという行為にかかわる被傷性（ジュディス・バトラー『触発する言葉』）そのものが歌われることになる。こうして、新城貞夫の歌は、歌の基幹を腐蝕しはじめ、国家の壊死ににじり寄っていこうとするのである。

3　新たなる反復帰論・反国家のために

反復帰・反国家論の思想的持続の中に、「戦後」沖縄の詩と思想の混沌とした融合を見、そこに今現在に繋がる反復帰論・反国家論の命脈を読み直そうとするのが小論の目論見であるのだが、それ故にこそ、反復帰・反国家論の限界とその陥穽をもまた見つめ直さなければならない。たとえば、新城貞夫の歌のなかに反国家論の文学的形象化の優れた実践を見出しつつも、なおそこに払いがたい短歌の美学イデオロギーの現出をも見さだめるのではなければならない、というように。

その意味で言えば、一九七〇年前後、沖縄から提示された数多くの反復帰論・反国家論のなかに厳然として存在する男性中心主義あるいは異性愛主義的ジェンダー規範と神話的民族主義は、どうしても批判されなければならない思想的限界と言えるように思える。

たとえば、「「非国民」の思想の論理」のなかで「私的なことをいわせていただくとしたら」と留保しつつ、自分と同じく「片親」が「ヤマトンチュ」である同僚がそれを強調することに反発し、「「おれも同様に片親がヤマトンチュだが、しかしおれは断じて沖縄人である」と胸のなかでつぶやきつづけた。そして、家庭環境のせいで、沖縄に生まれ育ちながら沖縄口（方言）が満足にしゃべれないことに強い自己嫌悪と羞恥を覚えて、アパートに帰ると妻を相手に沖縄口の習得をはかり、職場の同僚で沖縄口のうまいのを相手にひそかにその実践をこころみたりした」と書き記す新川明において、沖縄人とは、「おれ」という一人の男が、「妻」を相手に「沖縄口」の習得する物語のなかに出来する主体であると言える。言うまでもなく、その主体は「男」以外ではない。だが、この男は、日本国家という男に対峙する「沖縄人」というもう一人の男であると、そう言わねばならぬのではないか。加えてここに、いま一人の代表的な反復帰・反国家論者である川満信一が、「沖縄の天皇制思想」[11]というすぐれた論考のなかで、天皇に関わるジェンダー的混乱にその思考を広げ得ながら、しかし、天皇制に対抗する契機として「琉球の王」の「オナリ神信仰」に言及し、そこに見られる「母権社会」の神話的可能性に反復帰・反国家論の拠点を見出していく様を見届けるとき、反復帰・反国家論それ自体のなかに潜在している、国家システム思考形態としての異性愛主義的ジェンダー権力作用と神話的民族主義との危うい紐帯を見ないわけにはいかない。語弊を恐れず言えば、反復帰・反国家論自体が、エディプス的欲望に貫かれていると、そう考えることもできるように思えるのである。

だが、まさにこの地平においてこそ、新城貞夫の歌が、反復帰・反国家論の限界を更なる広がりへ押し広げ、時にその限界を越えていく可能性を啓きはじめることに注目すべきだろう。しかも、その可能性は、とくに、新城の歌のなかで執拗なまでに「ニグロ」への呼びかけが開示されるとき、その光彩を放つことになる。一九六〇年代後半、ベトナム戦争激化のなか、米軍アジア侵攻の前線基地となった占領地沖縄において、人種主義的抑圧と植民地主義暴力に曝されている沖縄の人間と、やはり、人種差別と植民地主義的分割の支配下において極めて深い暴力に曝されている「黒人」米兵とが、新城貞夫の短歌のなかで遭遇しそして混淆しようとしている。この時、人種、民族、国家、ジェンダーといった対抗的分断の政治として顕現する、ベトナム戦争という冷戦の境界化が、沖縄という場において新たな性=政治的身体の抵抗によって突き返されようとする局面が見出される必要がある。その抵抗は、おのず、国家そして国家間同盟というホモソーシャルな政治軍事的システムへ根底的な拒絶を開示することになるはずである。

花弁より飛び散り易き歌のむれ風に揉まれて来る黒人兵

夕映えのなかのニグロは肩低く咽ぶがごとく歌う恋唄

ニグロまた幻の越境兵か夕焼ける河渡りゆく朱夏

こうした歌の背景に、一九六〇年代後半の沖縄において現出した、マルコムX暗殺の翌年結成されたブラック・パンサー党と強い関わりを持つ黒人米兵たちの反戦活動と沖縄の反戦運動との連携という、今やほとんど忘却されつつある出来事が控えていることが想起されなければならない。(12) 国家・人種そしてジェンダー的分割を越えていく極めて重要な反植民地主義闘争の共闘的可能性が、新城貞夫の短歌のなかに見出せることは、いくら強調してもしきれないほど大切な出来事である。反復帰・反国家の思想が、ひとり「沖縄人」によってのみ占有されるのではなく、分断の政治を越えた新しい人間によって、新しい連帯と共生の回路として発見されつつあったことを感知していくことの意味は極めて大きい。

たとえば、次にあげる歌に見出せるのは、人種的マイノリティ間の「共闘」の証とは言えなくとも、その「共闘」に頓挫しながら、なお、占領者でありかつ被抑圧者である「ニグロ」に対する愛をその断念のさなかにおいてこそ語ろうとする衝迫というべきだろう。そして、そこには否定されるべくもないホモエロティックな呼びかけが開示されている。しかもこのとき、「日本語」が孕むナショナリティに回収され得ない「ボクラモウ愛セヌモノヲ」という言葉＝表記の物質性において、この歌には、人種、ジェンダー、国家に関わる分割を越えていく「モウ愛セヌモノ」への愛が越境的に出現している。あの人に決して届くはずのない「ボクラモウ愛セヌモノヲ」「愛セヌモノヲ」という日本語は、既にして日本語そして日本という内的国境（フィヒテ）を破壊しつつ、「愛セヌモノヲ」愛する存在の痛みを短歌というイデオロギー形式そのものの内に刻印し、その内的秩序に解体の楔を打ち込む。

坂下るニグロは肩を落としつつ去るボクラ　モウ　愛セヌモノヲ

この時、「ボクラモウ愛セヌモノヲ」という言葉は、日本語という同一性へのしたたかな裏切りとなり、同時に異性愛主義的ジェンダー規範への根底的な侵犯となっていく。そして、ベトナム戦争において、日米軍事同盟下において、あらゆる意味において主権不在という例外状態におかれ、そうであるが故に、日本国家のベトナム戦争参戦という政治の隠蔽として動員された植民地沖縄を、国家暴力の圏内において顕現させる力となって、この歌における「日本語」が作動するのである。この時、「日本語」は、日本語と日本国家の暴力をこそ切開する契機となって逆流を始めるだろう。

なぜ、この極東の島で、坂を下っていくあの「ニグロ」と「私」は出会わねばならなかったのか。そしてなぜ「ボクラ」は「モウ愛セヌ」関係へと逐われていかなければならないのであったか。この歌の呼びかけには、国家と国家間同盟が発動する「政治という戦争の継続」(ミシェル・フーコー)の権力的動態への、根源的な問いが深く深くこだましている。死線に送られていくあの「ニグロ」への囚われとそれ故の不可能な愛の呼びかけにおいて、死の影に深く覆われた「ニグロ」とその存在への愛に貫かれた自らの歌う身体を、国家の暴力の起源的な場に曝し、そのことを通じて、「壊疽」としての自らの「日本語」を国家システムそのものに投企しているのが、この歌ではなかったか。

ここにおいて、新城貞夫の歌は、「あたかも壊疽のように、〈国家としての日本〉を内側から腐蝕し、これを爆破するする可能性」を孕みつつ、沖縄における反復帰・反国家論に言葉の実質を与え、そして、反国家という思想を、極めて高度な性=政治的身体へと生成させていくことを可能とするのである。

註

(1) 仲宗根勇「復帰元年の復帰思想」、初出『沖縄タイムス』一九七三年五月二四日。『沖縄少数派』三一書房、一九八一年、二〇三頁。

（2）小熊英二『〈日本人〉の境界』（新曜社、一九九八年）の特に「第23章」。また、復帰運動側の考察を通じて反復帰論の展開に示唆的な研究となっているものとして、納富香織「仲吉良光論――近代を中心に」（沖縄県公文書館史料編集室編『史料編集室紀要』第25号、二〇〇三年）を参照。
（3）一九六〇年四月二八日、沖縄県祖国復帰協議会結成大会における「日本政府並に衆参両院に対する沖縄返還についての要請決議」（沖縄県祖国復帰闘争史編纂委員会『沖縄県祖国復帰闘争史資料編』沖縄時事出版、一九八二年、五七頁）。
（4）前掲註（3）、七二八頁。
（5）新川明『非国民と思想の論理』（初出、叢書『わが沖縄第六巻　沖縄の思想』木耳社、一九七〇年）。
（6）岡本恵徳「水平軸の発想」（初出、前掲註（5）『わが沖縄第六巻　沖縄の思想』）。
（7）仲宗根勇「理念なき闘い――復帰運動の生理と民衆の死」（『新沖縄文学』第27号、沖縄タイムス社、一九七五年）。註（1）前掲の『沖縄少数派』収録、その八頁。
（8）新城貞夫に関する研究批評は管見の限りほとんど無いのが現状だが、わずかに佐藤通雅「敗北の後新城貞夫「花明り」解説」（『花明り　新城貞夫歌集』沖積社、一九七九年）がある。
（9）雑誌『琉大文学』に関しては、鹿野政直『戦後沖縄の思想像』（朝日新聞社、一九八七年）、仲程昌徳「解説　沖縄現代小説史」（『沖縄文学全集第一七巻評論Ⅰ』国書刊行会、一九九二年）、新城郁夫『沖縄文学という企て』（インパクト出版会、二〇〇三年）、我部聖「沖縄を読みかえるまなざし――岡本恵徳著作目録解説Ⅰ」（『琉球アジア社会研究』第六号、二〇〇三年）、同「他者とのつながりを紡ぎなおす言葉――新川明と金時鐘をめぐって」（『音の力　沖縄アジア臨界編』インパクト出版会、二〇〇六年）を参照。
（10）この歌の両義性をめぐっては、岡本恵徳の指摘（「沖縄雑感」5回連載『週刊ほーむぷらざ』沖縄タイムス社、一九九四年六月、三七三〜三七七号と、屋嘉比収ほかとの鼎談「「ことば」から見える沖縄」、『沖縄を深く知る事典』日外アソシエーツ、二〇〇三年）があり、極めて示唆深い。

（11）川満信一「沖縄の天皇制思想」（註（5）前掲『わが沖縄第六巻　沖縄の思想』）

（12）ベトナム戦当時の沖縄における、反戦黒人兵と沖縄の人々との「連帯」の可能性にふれたものとして、平井玄「コザの長い影　「歌の戦場」を励起する」（『音の力　沖縄「コザ沸騰編」』インパクト出版会、一九九八年）があり、極めて示唆に富む。

沖縄でサイードを読む

もう駄目だ、と呟きたくなるほど絶望的とも見えるこの日本社会の黙殺に制圧され、そして、ほとんど人種主義的としか言いようのない政治的抑圧に晒されている植民地沖縄の現在において、苦しいまでの切迫感をもって私たちの心の奥底に響きわたってくる言葉として、サイードという一人の思想家の言説的営為にすぐるものを想像することは難しい。とくに、『戦争とプロパガンダ』Ⅰ〜Ⅳ（中野真紀子訳、みすず書房）や『パレスチナとは何か』（島弘之訳、岩波書店）、『遠い記憶の場所 Out of Place』（中野真紀子訳、みすず書房）などの著作における、鋭利な文化＝政治批判に溢れつつ、同時に、このうえもなく慈しみに満ちた筆致でイスラエル国家によって蹂躙され占領され続けているパレスチナ（フィラスティン！）への愛を語るサイードの言葉は、軍事占領と植民地主義的暴力に晒され続けている沖縄の現在に、いかなる分離壁をも解体させながら、これ以上ないほどの切実さをもって折り重ねられてくる。たとえば、いわゆる「パレスチナ問題」に恥ずかしいまでに全く無知であった私に、パレスチナという土地とその土地で生きてきた人々（死んでいった人々）の歴史を、それ自体豊かな日常の厚みをもった営みとして教えてくれたのは、何よりもまずサイードの著作であった。そして、いかに奇妙に聞こえようとも、「パレスチナ問題」を語るサイードの言葉のなかに、むしろ私は、私が今生きている沖縄の歴史的現在を発見し続けてきたのである。「戦後」六〇年、沖縄が米軍占領という暴力によって支配されつづけていること、さらに言えば、近代沖縄の歴史そのものが、帝国主義国家日本の植民地としての歴史に他ならないこと、そのことを遅まきながら実感できるようになったのは、サイードの著作を通じてであったと言えるかもしれない。

だが、サイードを沖縄で読むという行為の意味を、サイードその人の自伝的な語りや時事的批評の魅力にのみ収束させてしまうことはできない。なぜなら、真に希有な比較文学者であり人文主義者であったエドワード・W・サイードの膨大な文学研究を読むことを通じてこそ、そこに沖縄の歴史的可能性（ありえたかもしれない歴史とありえるかもしれない未来）を発見していくことが可能になると思えるから。たとえば、次のような言葉の前に、ひとたびならず、私は立ち止まる。

イェイツは、通常彼のものとは考えられていない伝統、現在、つまり一九世紀末と二〇世紀初めの間中ヨーロッパの帝国主義により支配されている植民地世界の伝統、諸植民地における反帝国主義的抵抗運動及び脱植民地化の時代と呼ばれてきた大都市の反帝国主義的対立という大規模な動乱を、最高潮の暴動の段階にもたらすヨーロッパ帝国主義により支配されている植民地世界の伝統に属する詩人である。もしこれが、イェイツについて私よりも遥かに多くのことを知っている人たちにとって、イェイツをアイルランドの偉大なヨーロッパ的モダニズムの詩人と解釈するいつものやり方でないとするなら、イェイツは、私には、そして確かに〈第三世界〉の多くの他の人たちにとっては、私がこれからその特性を述べようとしている他の文化圏に本来属しているように思われる、と言うことが出来るだけである。

（「イェイツと脱植民地化」大友義勝訳、『民族主義・植民地主義と文学』八〇頁、法政大学出版局、一九九六年刊、原著刊、一九九〇年）

ここでサイードは、「通常」の読みを大きく逸脱させながら、既に正典《キャノン》化されて久しいイェイツを、「ヨーロッパ帝国主義により支配されている植民地世界の伝統に属する詩人」のなかに編み込み直し、そのうえで、第三世界の表現者たちの系譜のなかにイェイツその人を位置づけている。そこでサイードによって、呼び招かれているのは、ファノン、セゼール、ダルウィーシュといった詩人・思想家たちであり、さらには論述の流れの中で、アルフレッド・クロズビー『生態学的帝国主義――九〇〇―一九〇〇年のヨーロッパの生物学的拡張』やラナジッド・グハー『ベンガル財産規則』といった歴史政治学研究までもが、それこそイェイツの詩作とのポリフォニックな関係を築きながら見出されていくのである。一つの主題部が提示されるや、その主題を複数の声部が対比的な旋律としてこれを受け継ぎ変奏を重ねていき、ついには思いもよらぬ交響的な層が浮かびあがってくる。こうして、多くのテクストが、精緻な読みを介して互いに対話的な関係を築いていき、そして反帝国主義的運動と脱植民化というテクスチュアの中に共存していくような、それこそサイードの言う「対位法的読解」の過程が、この小論には見事に顕現していると言えるだろう。

単線的で決定論的な歴史記述を排しつつ、「歴史」を、支配（植民者）と被支配（被植民者）との間の重層的関係たる「ヘゲモニー」（アントニオ・グラムシ）の干渉力学の痕跡として批判的に考察してきたサイードらしい言葉である。だが、ここで注目したいのが、「偉大なヨーロッパ的モダニズムの詩人」という枠組みから解き放しつつ、イェイツを「第三世界」の人々に繋がっていく「反帝国主義及び脱植民地化」の詩人として読み変えていくその読解プロセスが、サイードその人にこそ自己言及的に還流されていくということである。ヨーロッパ人文主義の最も優れた継承者であり、反＝時代的文学者でさえあったサイードその人の著作においては、コンラッドやカミュが論じられ、そしてヴェルディのグランドオペラ「アイーダ」が詳細に論じられているのだが（『文化と帝国主義』大橋洋一訳、みすず書房）、むしろそれゆえにこそ、それらテクストに働いている表象力学の政治性を徹底して精読するというその行為において、サイードの言葉は、困難な歴史的特性によっていまなお抑圧され続けている沖縄の文脈のなかに再編され、かけがえのない抵抗の準拠点として、強力に読みかえられていくように思えるのである。たとえば、それは、サイードの言葉を、彼より六〇年ほど前に沖縄の地で生まれ、近代日本の歴史のただなかで沖縄を思考し続けた伊波普猷《いはふゆう》という一人の思想家の言葉との交差のなかに見出していく、というような試みとして。

よく知られているように、『オリエンタリズム』の冒頭には、マルクスの次のような言葉が引用されている。――「彼らは、自分で自分を代表することができず、だれかに代表してもらわなければならない」（『ルイ・ボナパルトのブリュメール十八日』）――むろん、ここでサイードは、マルクスの言葉を奪い返し、これをフーコー的言表分析に依拠しながら逆に問い直している。つまり、「代表する」とはそもそも何か、という問いである。何かが何かよって代表され、誰かが誰かによって代表される。そのことがあまりにも「自然」なこととして意識化されなくなるとき、植民地主義はその完成を見るだろう。おそらくは、全著作を通じてサイードが明らかにしようとしたその「代表する」ことにまつわる植民地主義の政治学を、いま、沖縄で問い返そうとするとき、次のような伊波普猷の言葉をそこに新たに読み累ねることによって、植民地主義をその遍在性において問うための新たな回路が見出されてくるかも知れない。

なるほど南島人は日本語を操つてはゐる。だが、それは破産した家の子供達が、借金で生活してゐるやうなものである。自己を表現すべき自分自身の言語を失ひつゝある彼等は、この借り物を使ひこなすまでに、恐らくその年齢と精力とを空しく消費して了ふだらう。
（『琉球作戯の鼻祖玉城朝薫年譜』初出一九二八年、『伊波普猷全集　第三巻』平凡社、四二八頁）

「自己を表現する」という「代表」不可能性の境界線において発せられているとも思える伊波普猷のこの言葉を、いま、サイードという一人の流浪者《エグザイル》がその生涯をかけて問い続けた課題、つまり代表し代表されることの表象権力の問題に直接的に関わってくるものとして読み届けることはできないだろうか。「自己を表現すべき自分自身の言葉を喪ひつゝある彼等」のことを、他ならぬ日本語で書かざるえないという矛盾を自ら抱え、自らを圧倒する力としての植民地主義をそれとして認識し抵抗しようとするとき、他ならぬ宗主国・植民者の言語が切に獲得されるべき力となって自らの前に立ちはだかるという困難への直面を通じて、伊波は、植民地沖縄を発見していると言えるだろう。

植民地主義の問題を、自らに刻みこまれた他者の力の痕跡として発見していくこと。そのことを、私自身、サイードとそこに交差して読み累ねられるべき可能性として伊波の言葉との饗応のなかに見出していきたいと願っているのだが、その願いは、既に、サイードその人によって明解に語られていたようにも思える。

イスラエルの主要日刊新聞のインタビューのなかで、「故郷喪失者」としての自身のあり方を語るサイードにむけて「あなたはあなた自身を発明 invent しなければならなかったわけですか」という問いが差し向けられているのだが、その問いに対して、サイードは、次のように応答している。


その言葉の、ある非常に特殊な意味においてはそうです。ラテン語で inventio とはふたたびみつけるということです。この言葉は、古典修辞学で、過去に起こった出来事をみつけ出し、それらを整理し直し、そこに洗練された文章や目新しさを加えるという一連の工程を表現するのに使われていました。無から作り出すのではなく、再度の秩序化です。その意味では、わたしは自分自身を発明しました。（略）わたしに与えられた役割とは、喪失の物語——本国への帰還、故郷に帰りたいという考えは基本的にはありえないという物語——を語り、そして語り直すことであると理解するに至ったのです。

（「帰還の権利」田村理香訳、原著二〇〇〇年、『現代思想　総特集サイード』二〇〇三年一一月臨時増刊号、二三五頁）

喪失した記憶を喪失するという底なしの深い喪失のプロセスのなかにこそ、植民地主義という力の残酷さが見出されるのだとしら、そのプロセスに逆らって「喪失の物語」を自らの内に発見し、それを語り直していくことに自らの役割を見出しているここでのサイードの言葉——自らの遠からぬ死を強く意識しつつ発せられたこの言葉にこそ、植民地主義への最も強靭な抵抗の可能性が見出されるのかもしれない。私たちが、歴史の中で何を喪失し、何を奪われ、そのうえで、何によって表象されてきたのか。そのことを如何にしたら意識化しえるのか。沖縄でサイードを読むとは、そうした困難な「自己」への問いかけ以外ではありえないだろう。おそらく、その問いをしてサイードは、「自分自身の発明」という言葉に託しているのではないか。「帰還の権利」というタイトルを掲げた文章の要に見出される、「帰還」の不可能を確言する言葉の前に佇むしかない私たち読み手もまた、誰もが、植民地主義に無縁でありえることはできない以上、植民地主義以前の本源的な場所への「帰還」を願うことは既に不可能なのかもしれない。だとしたら、「喪失の物語」を語り直していくことは、植民者や占領者を含めたあらゆる存在に求められている行為と言えるのではないだろうか。その「喪失の物語」のなかに自分自身を発明し得る時こそ、私たち自身が、自らの内なる植民地主義から覚醒できる時なのかもしれない。その時、必要とされている「物語」は、何よりもまず、国家や性や人種といった、本源的な領域概念として幻想された分離壁を喪失していく始まり（『BEGGININGS』一九七五年、『始まりの現象——意図と方法』法政大学出版局、一九九二年）へと向けて語り直されるものでなければならないはずである。サイードが指し示しているのは、その「始まり」の彼方である。

『人類館』断想

1 『人類館』と新川明さん

少し前のこと。去る二月一一日、沖縄宜野湾市にある佐喜眞美術館で、「合点ならん！ 北島角子《すみこ》ひとり芝居と合意してないトーク・セッション」というイベントが催された。トークセッションに参加させてもらっていた関係もあって、私は、その当日、例によって落ちつきなく会場でオロオロしていたのだが、そこに、新川明さんがひょっこり現れて「彼は来てる？」と尋ねられた。「彼」という言葉に、不思議な親しみの調子を感じて、私のほうも、「もちろん、いらしてますよ」と軽くお答えしてしまった。すると、新川さんは、それが習わしとでもいうようなごく自然な感じで、急拵えの楽屋に北島さんを訪ねていかれた。その姿を見やりながら、そうだ、おふたりは『人類館』以来の長い知り合いであったとようやく合点がいって、互いに戦後沖縄を代表する思想家と女優が、「元気？」などと話している姿というのは、良い光景に違いない、などと感じ入ってしまった。

会場となった佐喜眞美術館は、反戦平和の理念に基づいたきわめてユニークな美術館で、その充実したコレクションからいっても、名実ともに沖縄を代表するアートスペースである。丸木位里・俊夫妻の「沖縄戦の図」や上野誠の版画、あるいは、ケーテ・コルヴィッツ「戦争」連作やジョルジュ・ルオーの「ミセレーレ」連作などの本当に素晴らしいコレクション展示をはじめ、音楽会や映画上映、あるいはシンポジウムや芝居の開催などが積極的に行なわれていて、アートと社会の創造的な繋がりが織りなされていく希有な空間として、その存在は際だっている。館長の佐喜眞道夫さんは、米軍、防衛施設庁とねばり強い交渉をかさね、普天間米軍基地内の敷地を取り戻し、そこに念願だった個人美術館を建てられたのだった。

反戦平和を願う空間としてこれ以上ない場所で、北島角子さんが、自作の「にっぽんじん?」という一人芝居をされることになった。その機会に、「合意してないプロジェクト」という、日米軍事再編に「合意してない」声を集め、アクションを起こしている仲間たちも催しに参加させてもらう承諾を得て、当日は、芝居の後、北島さんを囲んでのトークセッションを後半に組み入れることになった。

後半は、パフォーマンス・ビデオアーティストの山城知佳子さんと私の二人で、北島さんからいろいろお話しを伺いつつ、フロアとの議論も広げていくことになっていたのだが、結局のところ、前半の北島さんの一人芝居に圧倒されて、私自身は後半になってもオロオロするばかりで、一言二言、場違いな発言をしただけ。それでも、山城知佳子さんが素晴らしい問いを投げ掛け、それに北島さんが見事に応答するという場が出現して、会場に入りきれないほど多くの観客の方々の熱気も相まって、会そのものは、成功と言うにふさわしいものとなった。

北島さんの「にっぽんじん?」という一人芝居は、皇民化の果てに、集団自決や日本軍による住民虐殺が行われた沖縄戦の局面を、言葉の戦争ともいうべき葛藤のさなかに顕現させていくものであり、北島さんの表情の僅かな翳りや声のうつろいのなかに、近現代沖縄の歴史が生きられた時間として刻印されていくさまがはっきりと感じ取れる、そのようにすぐれた芝居であった。

その日は、加えて、間奏(インタルード)として、森口豁さんのテレビ・ドキュメンタリー作品『一幕一場・沖縄人類館』も上映され、そこには、まだ三十代の若々しい北島さんの圧倒的な舞台姿も映し出されていて、時空間が奇妙な形で交錯してくるような印象を受けた。それこそ、近現代沖縄の変転する歴史が幾重にも重なって提示される、知念正真さんの戯曲『人類館』がそこかしこで再演されているような、そんな不思議な感覚に囚われたのだった。

その時と場が、ことさら意味深く感じられたのは、『人類館』がつなぐ時空間の交錯の中心的なその場に、新川さんの存在があったからということは確かだった。そもそも、知念正真さんの戯曲『人類館』は、初出として雑誌『新沖縄文学』の第三三号(一九七六年)に発表されているのだが、この時、雑誌『新沖縄文学』の編集長だったのが新川明さんである。その前年一九七五年春に編集長に就いて最初の『新沖縄文学』の特集号は、「沖縄と天皇制」。おそらくこの当時、どの本土メディアもなし得なかったようなラディカルな編集方針を打ち出し、質の高い論考を集め、天皇制をはじめ沖縄に関わる根底的な問いを開示し、商業ジャーナル誌として異例の成功を収めていったのが総合誌『新沖縄文学』である。その異例さは、沖縄の地域誌であるこの季刊雑誌が、四千部という部数を売り上げていく過程にも見てとれる。一九七二年に

「日本復帰」を果たしたものの、沖縄をめぐる社会政治状況の困難さは何一つ解決せず、それどころか日米同盟上のありとあらゆる矛盾が集約されていく沖縄の姿が、いよいよ明確に可視化されてきたこの時代、沖縄の人々は、それぞれが、それぞれに固有の関係性のなかで、自らが生きる沖縄の歴史的現在を問い直し始めていたと、そのように言えるだろう。

はたして「日本復帰」とはなんだったのか。その問い返しが、現実的かつ思想的な課題となって回帰してきた七〇年代後半、新川さんは、『新沖縄文学』編集長として、「第三〇号　女性問題を考える」「第三一号　伊波普猷の世界」「第三二号　新しい沖縄を求めて」「第三三号「沖縄学」考」といった、思想を先取りし状況に波乱をおこしていくような特集を編み出しつづけていた。こうした沖縄をめぐる思想史的文脈のさなかにおいて、知念正真『人類館』が発表されたという事実は、あらためて認識され直していいことのように思える。

むろん、戯曲『人類館』は、一九〇三年、大阪天王寺で開催された第五回内国博覧会の場外パビリオン「学術人類館」において、沖縄の二人の女性をはじめ、「アイヌ」「台湾生蕃」「朝鮮」「支那」「印度」といった地域の「土人」が陳列展示されるという事件をもとにして書かれている。だが、戯曲『人類館』の特質は、人類館事件に見出される規律＝監視システムによって貫かれている近現代日本社会そのものの危機を、沖縄という植民地の現在において発見していくところにある。「日本復帰」、そしてその「復帰」の政治的可視化としての沖縄海洋博覧会（一九七五年）を経て、沖縄は、植民地状況から解放されたのか？　この問いが、『人類館』という芝居のあらゆる場面に充ち満ちている。

「日本復帰」を経て、新たな主権国家日本の、新たな規律＝監視システムのなかに監禁されていく沖縄。朝鮮戦争そしてベトナム戦争による「特需」経済の終焉をむかえていく日本に「復帰」することで、沖縄は、さらなる社会的、経済的、軍事的暴力支配のプロセスのなかに「復帰」してしまったと、そう言えるだろう。その「復帰」の残酷さを見据える戯曲『人類館』は、それ自体が、また別の形の反復帰論であったと、そう考えることも可能なように思えるのである。

2 〈後悔〉という契機

その『人類館』によって、舞台人生が変わった、と語っているのが、他ならぬ北島角子さんである。さまざまなしきたりや因習のなかにいまなお留めおかれているとも見えるのが、沖縄芝居という世界だが、反＝演劇的かつ政治的でさえある前衛的現代劇に沖縄芝居の女優が出演するということは、極めて困難な選択であったに違いない。事実、この後、北島さんは、一人芝居と語りの融合とも言うべき、独特のスタイルを獲得し、沖縄の現代演劇のなかで特異な分野をきり拓いていくことになる。「島口説《しまくどぅち》」や「針突《はじち》」といった一人芝居から、憲法九条の沖縄口《ウチナーグチ》朗読など、これらの舞台は、北島角子さん以外には為し得なかった仕事に違いないし、そして自作の「にっぽんじん？」はその女優＝作家＝演出家としての仕事の、総合的な結晶と言えるだろう。今年の二月一一日、佐喜眞美術館「沖縄戦の図」の前で演ずる作品に、この芝居を選ばれたところにも、北島さんの意気込みがうかがわれる。当日の北島さんの芝居は、会場を埋め尽くした二百人余の観客の身体そのものを激しく揺さぶっていた。そして言うまでもなく、新川明さんも、その日そうした観客の一人であったのだ。

芝居が終わって、しばらくの休憩をはさんで、後半のトークセッションが始まった。ここでも、やはり北島さんのお話は圧倒的だった。戦争中、南洋を芝居巡演した話、戦死されたお兄様の話、言葉の話、琉歌の話、克服されたご自分のガンの話、そして、「にっぽん」の話。快活な語りで聞き手を沸かせる北島さんなのだが、時折、ふうっと視線を足もとに落とされる。それは、会場を囲む「沖縄戦の図」に描かれた死者たちの視線から目を反らされようとする仕草のようでもあったし、あるいは、フロアからの質問に応えられようとして、何かを思い出されているかのような様子でもあった。そうした応答のなかで、一人の年配の男性の方が、質問というのではなく、問わず語りのように、ご自分の戦後史といったことをお話しになった。その時も、北島さんは、視線を足もとに落とされたように見えた。

その男性が話されたのは、復帰運動のことだった。六〇年代後半から七〇年前半にかけて、沖縄高校教員組合を束ねる位置にあって、復帰運動に献身的に関わったという経験を語られ、その過去にいま漠然とした後悔のような気持ちがあると、淡々とではあるけれど、しかしはっきりとそう語られた。

その時、北島さんがどのような言葉で応じられたか、私自身、よく覚えていない。もしかしたら、何も応答されなかったのかもしれない。私は、その時、この方が、なぜ自らの復帰運動の経験をこの場で語り、そしてその後悔を重ねて語り継がれているかを、よく理解しえなかった。だが、その〈後悔〉に何かしら聞き過ごしてならない大切な思いがあるに違いないと、今頃になって思い至る。

七〇年前後、沖縄の教員たちは、米軍支配から解放され、日本国憲法によって基本的人権と生存権が保障されるという根本的な政治的変革が、「日本復帰」によって沖縄にもたらされると、たしかに信じたであろう。あるいは、そう信じようとしたと言うべきかもしれない。当時の彼女・彼らにとって、反復帰論あるいは反国家論は、非現実的にして破壊的思想、と、そう思いなされたかもしれない。だが、一九七二年五月一五日、実際に「日本復帰」が果たされた時、彼女・彼らは何を見ただろうか。おそらく、後に後悔という言葉で語られねばならぬような、ある失敗を見たのかもしれない。加えて言えば、その失敗は、近現代の沖縄において繰り返されてきた、覚えのある失敗であったかもしれない。北島さんを前にして、自ら主導した復帰運動が誤っていたかもしれないという〈後悔〉を敢えて語る一人の退職教員の思念なかで、たとえば、『人類館』の終盤近くの、次のような場面が記憶の底から浮上してきていたと、そう考えることはできないだろうか。

女　私たちも一緒に死なせてください！　お願いします。先生！

（中略）

調教師（意に介せず）ご覧。見渡す限りの焼野ケ原だ。私たちの郷土は、文字通り焦土と化してしまった。――

何もありはしない。あるのは、焼けただれた土くれだけだ。だが、鉄の暴風雨に叩かれたこの大地からも、やがて、芽を吹く時が来るだろう。緑の山野が蘇るのだ。そう！　新生沖縄県が誕生するのだよ！

男・女　先生！

調教師　新生沖縄県の将来は、一に君たち若い者の双肩にかかっている！　なるほど死ぬのは易しい。だが、生きて郷土の再建に命をかける事は、どんなに難しく、また有意義な事か！　わかるかね、喜屋武君！　仲村渠君！（「沖縄を返せ」の大合唱が聞こえて来る）たとえ異民族支配の憂き目を見る事はあっても、日本国民として、人類普遍の原理に基づき、民主的で文化的な国家及び社会を建設して、世界の平和と、人類の福祉に貢献しなければならないのだ！

　ほら、祖国はすぐ目と鼻の先にある。あの二十七線の向うは母なる祖国、かがり火燃える与論島だ。さあ、いくんだ！　草むす屍を乗り越え、水漬く屍をかきわけて、現身神の国、ニッポンへ！

「沖縄を返せ」のシュプレヒコールに混じって、ジクザクデモのかけごえ、機動隊のスピーカーの声などが入り乱れて聞こえてくる。男と女は、アジられて燃えたのだろう、腕を組んで飛び出して行った。

調教師　……行ってしまった。誰も彼も行ってしまった。だが、これで良いのだ。（空を見据えて）歴史が、真実繰りかえされるものならば、未来よ！　何もかも燃え尽くして滅びてしまうがいい！　お前の似姿さながらに、しつらえられたこの額縁も、いずれは記憶の底に沈んでしまうほかないのだ。歴史は時として人を欺く。欺きつつ警鐘を鳴らし続けているのだ。

歴史が真実繰りかえされるものならば、芋で綴られた人類の歴史もまた、終わる事はないだろう。

戦前、沖縄における皇民化の要を担い、そして戦後は、いわゆる国民教育の方針によって、沖縄の「日本復帰」運動の中心を担ったのが、沖縄の教員たちである。戦中には、この教員たちの運動が国家によって統合・動員されて、結果、多くの学生たちが戦場に送られていった。戦後の教員たちの行動の指針となったのは、二度と教え子たちを戦場におくることだけはしないという理念であったことは疑い得ない。その理念を、今、また学び返すことの意味は決して小さくないと、私自身、思う。

だが、そうした理念と連動しつつ展開されたはずの「日本復帰」運動が、いかなる結果に繋がっていったのだったか。むろんのこと、教員を核とする沖縄における復帰運動が、日本国家の沖縄に対する植民地主義暴力の継続の直接的要因などとは言えないし、またそれは事実でもない。むしろ、こうした、「復帰」運動を逆手にとり、その逆転の構図において国家像の再編をはたしてきたのが、戦後の日本国家であったと言うほうがより正確であるだろう。そして、その国家による現今の管理統制の制圧的状況を目の当たりにするとき、意識的あるいは無意識的であれ、沖縄の復帰運動が担ってしまった国家の論理を批判的に再検討することの必要性は否定しようがない。しかも、そうした批判的再検討は、既に復帰前において、新川さんをはじめとする何人かの人々によって主張された反復帰論・反国家論の再評価とともになされなければならないことは、あらためて言うまでもないことだろう。

「さあ、いくんだ！　草むす屍を乗り越え、水漬く屍をかきわけて、現身神の国、ニッポンへ！」と叫ぶ「調教師＝教員」の言葉は、過去の歴史に消え去っていった強迫的思念ではない。そしてまた、「歴史が、真実繰り返されるものならば、未来よ！　何もかも燃え尽くしてしまうがいい！」という呪われた言葉に、今あらためて向きあうのでなければ、私たちに残されているのは、燃え尽きた未来の燃え滓、ということになるほかないのではないか。『人類館』は、現在形で私たちを問い続けている。

いうまでもなく、問われているのは、「日本復帰」そのものである。私たちは、いついかなる時、いかなる方法と根拠において、何に「復帰」したのか。「日本復帰」を既成事実として承認し、その「事実」を前にして、国家の論理に従っていく以外にいま沖縄を生きる者に道はないのか。別の途はないのか。

そうした別途の模索において、〈後悔〉から目を背けないという些細とも見える行為は、思いのほか大切なことなのでないか、とそんなことを考えている。私はここで、今年の二月一一日、退職教員の方が問わず語りに語られた〈後悔〉という言葉を、自らに反響させているだけである。だが、こうした後悔の反響においてこそ、歴史は繰り返す、という定理を切断する契機もまた見出せるのではないか。

後悔してももう遅い、というのは簒奪者の論理である。その論理に逆らって、切に後悔が語られる時、歴史が歴史を逆なで始めはしないか。

新川さんとともに、反復帰・反国家論の重要な局面を開かれた岡本恵徳氏は、一九九四年の短いがしかしとても重要なエッセイのなかで、木下順二の戯曲『沖縄』（一九六一年）の台詞を、自らの思索のなかに深く呼び返している。——「どうしてもとりかえしがつかないものを、どうしてもとりかえすために」。

今求められているのは、取り返しのつかないことを取り返すという、矛盾と不可能によって縁取られた、歴史を逆行するような思考と行為であるように思える。国家という枠組のなかにありながらなお、国家ではない社会を取り返すことを思考し、日本のなかに在りながらなお、日本ではない沖縄を取り返すこと。過去にもなかったことを、今と未来において奪い返すという矛盾した思考と、けっして取り戻すことができないと分かっているがゆえにそれを取り返そうとする不可能な行為。だが、そうした矛盾した思考と行為の力を、私たちは、『人類館』という芝居のなかに既に発見しているのではなかったか。しかも、そうした思考と行為とは、切実な〈後悔〉のなかにおいてこそ、再—発見され得るようにも思える。その意味でいえば、あの日、かつての復帰運動の闘士と反復帰論の新川さんが同席し、同じく、北島角子さんの芝居にともに揺さぶられ、歴史と現在が交錯したその時、「日本復帰」に収斂されることのない沖縄の変成の可能性を想い描く端緒を、私たち自身が摑み得ていたのかもしれない。

「日本復帰」が今の沖縄において、〈後悔〉という言葉において再考されはじめる時、ようやく「日本」という前提を根底から問い直すことが可能となる。そのとき私たちは、ようやく、帰属という概念から離脱し得た、「沖縄」と名づけ直されるべきひとつの運動体と遭遇し得るのではないか。しかも、そうした沖縄の未然の可能性が想い描かれる場には、いつでも、『人類館』によって開示された問いかけの言葉が、豊かに反響しているに違いない。

二〇〇六年八月五日記す

第二部

日本語を裏切る

呼ばれたのか呼んだのか

デリダ『他者の単一言語使用』の縁をめぐって

デリダの思索と言葉そのものによって、現前的自己への本源的回帰や共同主観的な同一性といった了解の循環から放逐されていることを痛感するしかない私のような者にとって、デリダの著作をして親和的な領有のもとに語るなどということはついに許されていないが、しかし、それこそある種の「差延」を通じて、「デリダ」という一つの「名」を持つ他者の言葉の到来が唐突に感知されるということが、一瞬ではあるが、やはりある。その一瞬は、「決断の瞬間はある種の狂気である」（『法の力』）というキルケゴールからデリダへと流れ込んでいく言葉が含意するような自己の非同一性との確かな交差であるとも思えるし、またその「狂気」を倫理化する力は「まるで自分自身の決断が、他者から自分のもとへやって来るかのよう」（同上書）な予感のなかにこそ見出されてくるものだとも思えもする。

だが、そうしたデリダの言葉が、直線的に「私」のもとに配信され、自らの内に懐かしく納得されてくるのかと言えば、やはりそれは違う。どうしても、その「配信」は、いくつもの迂回をめぐる遅れをともなうものでしかない。しかも、その迂回は、とてつもなく不安定な文字書記《エクリチュール》に対する圧倒的な受動性としてしか感受され得ない。たとえば、そのようにデリダを読む際に、圧倒的な受動性へと向けて「私」を曝す迂回として、とある小説の終わりに記されている、次のような言葉が立ち顕れてくることになる。

あんやさー、と肩をすぼめ、すかさず、やさ、やさ、と囃したてる五十女の弾む調子がわたしをけしかける。わたしは上体を中庭に突っ込むような姿勢になった。その時、ウリッ、と掛け声を合わせた二人の女の手が同時にわたしの背中を押し出した。前につんのめり素足がひやりとした土を踏んだ。

深い闇のトンネルだ。短く刈り取られた雑草が土の冷たい感触の合間に足裏を刺した。頭上には濃い木立の屋根。そこに巣食う微かなものの蠢きが伝わった。わたしを誘う連鎖音に耳を澄ませる。それはしだいに膨らみ押し寄せるようになる。思わずその方へ手を伸ばした。音のつらなりの渦から樹々のトンネルを突き抜ける高らかな声を、その時わたしは聴いたのだ。ムぅイぃアぁニぃー、という。

呼ばれたのか呼んだのか。「杜阿仁」とも「守姉」とも耳にとどいたその震える音声の木霊に、もう一度わたしは応えた。ムイアニー。途端に、遠くせつないものが甦る。こよなくいとおしいものに対面するために、樹間の闇を駆けた。すると一歩ごとに体に絡まってくる闇の膜が一枚いちまい剥がれるのだった。

（崎山多美「ムイアニ由来記」）

いま、この崎山多美の小説が、現代沖縄文学と呼ばれるもののなかで最も重要なテクストでありつつ、同時に、沖縄文学というカテゴリーを固定化することの不可能性を最も先鋭な形で開示している、非領域的な文学の試みとして比類なく優れた実践である、といったことはひとまず擱いておこう。むしろ、心を尽くすべきは、この「ムイアニ由来記」と名付けられた不穏な言葉の揺らめきの中に、自らの言葉を何処とも知れぬ遠いところから不意に届けられた他者の声のようにして聞き取り、そして、その声の記憶の不可知性におののく身体の痕跡を注意深く読み取ることのほかではあるまい。そのことを踏まえたうえで、そうした言葉の運動を、フランス植民地アルジェリア出身のユダヤ人であるデリダが、自らの生いたちと絡めながら、植民地主義暴力の痕跡としての「母語」の不可能性を、「他者の言語」への応答責任というアドレスのなかに書き記した『たった一つの、私のものではない言葉――他者の単一言語使用』という美しいテクストとの、深い饗応のなかに再発見していきたいと思うのである。

小説の主人公「わたし」はあるコトバに追われ続けている。――「毎朝、目覚めしな、ムイアニ、と一度ならず二度三度と呟く自分の声を聴くことになったのだ。揚句に、その四音節の音の連なりには何かしらの特別な世界からのメッセージが込められているとでもいう、あらぬ思い込みに把われてしまっている自分に気づいたのだった。それが果たして日本語であるのかどうかさえ、検討もつかぬのに。」――こうした「わたし」の問わず語りの連鎖のなかに、小説は、「ムイアニ」という言葉の意味の剥離と、それ故に「ムイアニというものへの探索」の旅へと突き動かされていく「わたし」の、「わたし」自身からの剥脱をも書き込んでいくことになる。デリダが『声と現象』のなかでその批判的思索の核として開示した「自分で自分の声を聴く」という「独語」行為は、この小説においては、自己の根源的現前性の証明やあるいは何物にも汚染されることのない純粋な意味の充填として、「わたし」のなかに整序化されて折り込まれていくことは決してない。むしろ、自分の声は、「ムイアニ」という言葉が誘引する「はたしてそれが日本語かどうかさえ、検討もつかぬ」という決定不能性のなかに呑み込まれていくばかりである。

ここで決定的に重要なのは、この小説全体をある種の決定不可能性へと投企していく「ムイアニ」という言葉が、「日本語」という想像的カテゴリーへの暴力的侵犯としてこの小説に到来し、その力によって「日本語」そのものを「他者の言語」という根源的な同一化不可能性のなかに放擲していこうとしていることである。その意味で、「ムイアニ」という言葉には既にして、植民地主義暴力の痕跡としての言語の他者性が刻印されているとも言えるはずであり、そうした痕跡を新たな言葉の連なりへと織り込み直そうとするこの小説の力の中に、すぐれてデリダ的な思惟の実践を見出すことが可能なように思えるのである。

「ムイアニ」というコトバは、その「由来」を決して特定することの出来ない空白、あるいは充填することのできない欠落となって「わたし」に取り憑き続け、そしてその埋めようのない欠落が「わたし」という「陰気なひとり独り暮らしをする三十半ばの女」の存在そのものを、日常生活からの遊離へと押し出そうとしている。その点で、この「ムイアニ由来記」という小説のタイトルは、どこまでも自らを裏切っているとも言えるのであって、いかようにしても同定することの出来ない「ムイアニ」という言葉=痕跡の「由来」を語るような言語的そぶりをみせながら、その実、「由来」＝起源という神話性を、どこまでも遠くへ流し去ってしまおうとする力によってみずからそのものを差延していくのが、この小説を満たす言葉の連なりなのだと、ひとまずは言い得るだろう。

だが、いうまでもないことだが、私はここで、崎山多美の「ムイアニ由来記」という小説における言葉の運動に、いかなる声も自らの声の幻聴にすぎない、とかいった、似非文学的解釈を施し、自己固着的な言葉の領有の物語を語ろうとしているのでは、むろんない。むしろ、自らに聞こえてくる自分の声が、決して自らの内部に還元されることがないという、言葉に関わる絶対的な非所有性こそが、痛ましいまでにこの小説において開示されているということに注目したいと思うのである。しかも、そうした小説の言語的動態は、またたび、デリダの言葉に転送されることを通じて、「他者の言語」という同一化不可能な言葉のあり方への思念に向けて私たちを導くだろう。デリダは、次のように指摘していた。「いずれにせよ、人は一つの言語しか話さない——そして人はその言語を持ってはいない、ということである。人は決して一つの言語しか話さない——そしてその言語は、非対称的に——人のすなわち、つねに他者のもとへ、他者からふたたび戻って来つつ、他者によって保護されているのである。それは、他者からやってきて、他者にとどまり、他者へと再び戻っていくのだ」（『たった一つの、私のものではない言葉——他者の単一言語使用』）。言語というものが誰にとってもたった一つでしかありえなく、しかも、その言語を所有することは誰にもできない。しかも、その言語は、ただ他者のもとから到来し、他者にとどまり再び他者のもとへ戻っていく、と、デリダはそう断言しているのだが、とするならば、決定的な非所有性としてしか「私」のまえに立ち現れることのない言語は、このとき、

「私」という存在といかなる関係を切り結び得るのだろうか。「私」と「他者」との間に横たわる、ある種の間主観的な中間性や媒介性として？　あるいは、複数化された「私」における、対自的な多元性や混淆性として？

しかし、デリダが指摘しているように、「非対称的」な形で、しかも、ただ他者のもとから到来しそこに再び戻っていくのが言語であり、それが決して我有化することのできないものだとするならば、そもそも、〈私にとって言語とは何か〉という問いそのものが成り立たなくなってしまうのではないか。というのも、言語は「私」に関わりなく他者のもとにある以上、その言語は既に「私」という存在の内部にもそして外部にも所属する何物かではあり得ないはずだから。むしろ、言語は、「私」をめぐる外部と内部という境界設定をこそ絶えず無効化し、「他者」という規定不能な存在のもとにある言語への屈服――デリダならそれを端的に「他者の言語としての自分の言語に屈するということ」と言うだろう――のなかにしか見出されない痕跡ということになるはずである。

だが、デリダの言う「他者の言葉としての自分の言葉への屈服」がなされようとするまさにそのとき、「私」は言語の使い手としてではなく、他者の言葉の到来を待ち受ける全く受動的な「私」へと否応なく変位していき、応答の場とも言うべき可能性として開かれてしまうと言えるのではないか。そこで生起してくるのは、「私」にとって言語とは何か、などという独我論的な問いではなく、言語の到来にさらされ圧倒されながら、なにがしかの応答を試みようとして右往左往するしかない「私」そのものの変容であると言えるかもしれない。そうした変容の為のあり得べき訓練としてここで見届けていきたいのは、このデリダの問い（他者の言葉の到来）

を、あらかじめ受けとめていたかのような、どこまでも受動的な言葉の屈伸が、既にして、崎山多美の「ムイアニ由来記」に書き込まれているということである。

ああ、体が裂ける。口走りつつ遠くなる意識の中で、たしかにわたしは奇ッ怪なこんな声を聴いたのだった。ぎゃあっやぁぁー、という。あれは、ふっぎゃあへぇああー、だったか、ほっぎぇやぇぐはぁー、だったか、その声に対応する最適な擬声語を思い浮かべる間などすでになかった。内部の声とも外部の声ともつかぬ、聴いた者の身体に生ぬるくべっとりと纏わり付き、この世を切り裂く、という声のあまりの奇怪さに、聴いた瞬間、咄嗟にわたしは、その声を耳にしたという事実そのものを忘れてしまわなければ、と一途に依怙地な決心をしたのだった。

ここに記されている「内部の声」とは、形而上学的な純粋現前として知覚されるような言葉ではない。その「内部の声」には既にその始まりにおいて「外部の声」が混入し、内部（自己）と外部（他者）という差異は決定不可能性のまま永遠に先送りされていく。その意味で、ここでの言葉の連鎖のなかにも、すぐれてデリダ的な差延の動きが再ー刻印されていると言うべきだろう。「内部の声とも、外部の声ともつかぬ、聴いた者の身体に生ぬるくべっとりと纏わり付き、この世を切り裂く」ような、まったき他者の言葉の到来を受けて、「わたし」は自らの身体が裂けていくのをはっきりと感じ取っているのだが、このとき重要なのは、まさに、この小説においては、「それは、他者からやってきて、他者にとどまり、他者へと再び戻っていく」（デリダ）ものとしての「他者の言葉」が、「わたし」の身体に深い亀裂を生じさせながら、まさにその亀裂のなかにこそ「他者」そのものの痕跡が書き込まれようとしているということである。小説全体を貫く「ムイアニ」という言葉ならざる言葉は、このとき「他者の言葉の到来」の痕跡に与えられた別称となる。

ただ、「ムイアニ」は、「わたし」にとって「他者」と呼ぶにはあまりにも「遠くせつないもの」の痕跡であることも確かである。しかも、その「ムイアニ」という言葉は、極めて不確かな記憶のなかで、ただひとつの「こよなくいとおしいもの」であるところの自らが産み落としたらしい「赤子」の名として思い起こされはじめ、その「名」は、小説の終わりで、二度、呼び交わされるのであった。冒頭に引用した小説の最後に至るべく、物語の「ワキ」をつとめる「五十女」と「黒づくめの女」は、「わたし」をうながす。

「あんたが呼びさえすれば、あのこはすぐにもこっちに駆けて来るよ。痩せっぽちなのに足だけはすばやいこだからねー」

「呼べって、あのこは、いったい……」

「そりゃ、あんた、五年前に、あんたが付けてあげたじゃないか。それを呼んであげさえすれば、コトはすべて済むんだよ」

そこで黒ずくめの女が脇から首を突っ込んだ。

「バカね、あんた。この人にしてみれば、それを呼び掛けたそのときから、コトが始まるんじゃないの」

この部分に、冒頭で引用した数行が続いて、小説「ムイアニ由来記」は、その終わりを迎えていくことになる。ついに、「ムイアニ」という言葉は、誰が誰に向けて、何語において呼びかけたのか呼びかけられたのか全く不明なままの言葉となり、充塡されざる欠落として投げ出されたまま残余となって滞留する。そこにおいて「ムイアニ」とは、固有名として名付けられた社会的な書き込みなどではあり得なくて、むしろ、名付けられたことを確定し得ないあらゆる「遠くせつない」存在者たちへの呼びかけの試みそのものとなるだろう。全てが不明なまま残されたわけだが、そんななかで、どうやら確からしいのは、「呼び掛けたときコトが始まるんじゃないの」という言葉に促されるようにして、「わたし」によって、「ムイアニ」という名が呼ばれ、そして「ムイアニ」のもとから再びその言葉が呼び返されようとしているということである。再度、小説の最後の言葉を呼び戻そう。

呼ばれたのか呼んだのか。「杜阿仁」とも「守姉」とも耳にとどいたその震える音声の木霊に、もう一度わたしは応えた。ムイアニー。途端に、遠くせつないものが甦る。こよなくいとおしいものに対面するために、樹間の闇を駆けた。すると一歩ごとに体に絡まってくる闇の膜が一枚いちまい剥がれるのだった。

もはや言うまでもないことかもしれない。「ムイアニ」という仮の名がこの小説の最後で呼び交わされたとき、その言葉は、その出所も宛先も特定しえない差延のなかに留めおかれ、そして、その「ムイアニ」という声＝パロールも何らかの目的論的な本質性を指し示すものとしてではなく、「「杜阿仁」とも「守姉」とも耳に届け」られるような逸脱的な原エクリチュールとして、ただただ「日本語」というカテゴリーから遠ざかっていくばかりである。しかも、こうした遠隔の運動の中で、「わたし」は、「こよなくいとおしいものと対面」するために、日本語という桎梏を蹴り破りながら駆け出していくのだし、その時、「わたし」を包む闇の膜は、一枚いちまいと剥がれていくのである。その決断において、日本語で書かれているこの小説は、自らの言葉の中で日本語という皮膜を剥ぎ取り引き裂いていこうとするだろう。

日本語という闇の膜に覆われていた「わたし」は、「呼ばれたのか呼んだのか」その区別さえつけようのない、「ムイアニ」という意味を規定しえない誰かの言葉にただださらされ突き動かされている。「わたし」がみずから産んだ子に名付けたかもしれない「ムイアニ」という「四音節」は、やはりその由来を正しく伝えることなく、ただ、「他者の言葉の到来」の痕跡を留めるばかりなのである。この時、「ムイアニ」という「こよなくいとおしい」ものへの呼びかけの言葉は、「わたし」自身の語る日本語そのものへのしたたかな裏切りとなり、そして「他者からの言葉の到来」への紛れもない歓待の徴となる。

決して領有化され得ることのない言葉の痕跡を、崎山多美の「ムイアニ由来記」という一編の小説のなかに読み届ける行為を通して、ようやくデリダのあの言葉をデリダに送り返すことが、いま可能となる。デリダの『たった一つの、私のものではない言葉――他者の単一言語使用』のなかの最も大切な言葉。

私は一つしか言語を持っておらず、しかもそれは私のものではない。私の「固有の」言語は、私にとって同化不可能な言語である。私の言語、みずからが話すのを私が聞いており、話すのが得意なたった一つの言語、それは他者の言語なのである、と。

「欠如」と同様に、この「疎外」は永久に［à demeure］本質的なものだと思われる。だが、それは欠如でも疎外でもない。それは、みずからに先立ちあるいはみずからの後に続くものを何ひとつ欠いてはいない。つまり、それは、かつてみずからの覚醒を表現し得たようないかなる自己性も、いかなる固有性も、いかなる自己をも疎外してはいないのだ。

多言語性を讃えること、ひいては「母語」や「国語」の多様性や多元性を言祝ぐことを、なかば以上強制されている現在の言説状況のなかで、デリダの言葉は、際だって原則的で禁令的な反語性を帯びてくるように私には思える。「多」に対して「一」を、「我有」性に対して「欠如」と「疎外」を差し出し、これを「永久に本質的なもの」として断固擁護するデリダの言葉にあるのは、言語を「自己」に属するものとして措定する思考への、徹底的な批判と言えるだろう。むろん、「私はたった一つの言葉しか持っていない」と言っている以上、人は、言語を持つことができるということを前提にしていると、あるいは言えるような気もする。だが、その「私のたった一つの言葉」は、既にその始まりから、「他者の言語」でしかありえない。しかも、その「他者の言語」のなかに、「たった一つの、私のものではない言語」と呼ぶしかない「疎外なき疎外」のあり方を見出し、そしてまた、「われわれの責任＝応答可能性の起源」を見出すデリダの言葉には、多言語性への多幸症的な礼賛は微塵もない。むしろ、この言葉に見出されるべきは、言語を我有化しようとするあらゆる力への絶対的な拒否であり、そしてそれゆえの、まったき他者からの言葉の到来を待ち望むことから導き出されてくる〈正義〉への深い要求と言うべきであろう。

たとえば、この小論を書いている私にとって、今書き進めている私の「日本語」が、私にとって「たった一つの私の言語」でありながら、同時に、それが「私のものではない言語」であるとき、その日本語自体が、言語を他者の到来と捉えるデリダの思考の根幹にある正義への要求との関わりのなかで、やはり「私」自身に「他者の言語」として呼び戻されることになる。そして、その呼び戻された「日本語」は、言うまでもなく、「私」のものではない。他者の言語である。翻って言えば、「日本語」という言語が、植民地主義の歴史そのものにおいて「私」を疎外していることは疑えないにもかかわらず、それでも、その疎外において、「私」自身は、既に何ものをも喪うことはないし、欠如を欠如として意識することさえできない。なぜなら、「私」は、既に、「日本語」によって、書き込まれてしまっているからである。「私」が「日本語」を書いているのではない。「私」という存在が、たぶんその始まりにおいて、絶対的な排他性において「日本語」という「他者の言語」によって暴力的に書き込まれ、他者のもとに送られているのである。

あらゆる存在にとって、言語が、「たった一つの、私のものではない言葉」としてしかあり得ないというデリダの言葉の最も核心的なところに、植民地の問題があることは、もはや明らかである。「ムイアニ」という言葉に追われ続けながら、「それが果たして日本語であるのかどうかさえ、検討もつかぬ」がゆえに、その言葉の痕跡のなかに、他者の言葉の到来を予感し自らを投げ出していった崎山多美の「ムイアニ由来記」の「わたし」とともに、次のようなデリダの言葉を聞き届けてこの小論を終えたいと思う。

人が多くの場合そう信じたがるのとは反対に、支配者とは何ものでもないからだ。そして彼は何一つ固有のもの［propre］として持ってはいないのである。なぜなら、支配者は、にもかかわらず彼がみずからの言語と呼んでしまうものを、もちろん＝自然には［naturellement］固有のものとして所有していないのだから。なぜなら、たとえ彼が何を望みあるいは何をしようとも、彼はみずからの言語とのあいだに、自然な、国民的＝国家的な、先天的な、存在論的な固有性ないし同一性の諸関係を保つことなどできないのだから。なぜなら、彼がそのような固有化を正当なものとして流布させ、宣言することができるのは、ただ政治―幻想的な諸構築の非―自然的プロセスを通してのみなのだから。なぜなら、言語とは彼の自然の財ではなく、まさにそのことによって、彼は、文化的な――つまりはつねに植民地的本質をそなえた――簒奪という強姦を通して、言語を自己固有化するふりをし、それを「自分のもの」として押しつけてくるのだから。

植民地主義暴力と内戦の記憶、あるいは性への抑圧や「周縁」文化の簒奪の歴史を、必死になって覆い隠し否認しようとするプロセスの中においてこそ、「母語＝国語」というイデオロギーが醸成されてくることを、デリダの思索とともに批判的に確認しなければならない。日本語というカテゴリーが、あたかも「国民的＝国家的な、先天的な、存在論的な固有性ないし同一性」でもあるかのごとく政治─幻想的に固有化されていこうとしている今、デリダの言葉は、「簒奪という強姦」としての植民地的本質の刻印たる日本語に、私たちを直面させるだろう。その時、「私たち」の日本語は、他者への応答責任を根底から問う契機として、何度でも私たちのもとに「他者の言葉」として強姦の記憶とともに回帰してくる。

略奪や脅迫、懐柔や宣撫、あるいは同化や差別の歴史のなかに「たった一つの、私のものではない言葉」としての日本語が見出され、そして、日本語を語れないがゆえに日本人に非＝日本人として殺されていった、沖縄戦の死者たちや関東大震災のなかの在日朝鮮人たちの、日本語になり得なかった日本語が、〈正義〉への要求として聞き届けられる緊急の必要がある。そうした植民地主義の歴史のなかで、日本語が「他者の言葉」として私たちのもとに到来するとき、私たちはようやく日本語のただなかで日本語を審問し、それを単一言語として使用するしかない私たち自身を、他者への無限の応答責任の前に引きずり出すことが可能となる。そうした審問の場に自らを召喚することができるとき、はじめて、日本語はまったき他者の言葉となって、絶対的な非同一性の徴として「私」に到来し、「私」を他者の前に送り届ける力となるだろう。いま、デリダの言葉が突きつけてくるのは、そうした決断の瞬間への覚悟である。

本論での引用は次の文献に拠る。

崎山多美『ムイアニ由来記』砂子屋書房、一九九九年

ジャック・デリダ『法の力』堅田研一訳、法政大学出版局、一九九九年

ジャック・デリダ『たった一つの、私のものではない言葉——他者の単一言語使用』守中高明訳、岩波書店、二〇〇一年

「愛セヌモノ」へ

拾い集められるべき新城貞夫の歌のために

1　モウ　愛セヌモノヲ

坂下るニグロは肩を落としつつ去るボクラ　モウ　愛セヌモノヲ

『新城貞夫歌集　朱夏　1964〜1969年』（一九七一年、幽玄社）

一九六〇年代なかばの沖縄。ある坂道、ある日の何時だろうか。肩を落としたひとりの「ニグロ」が坂を下っていく。その「ニグロ」に語りかけられるべき愛の言葉は、果たして何語において、いかなる言葉の形式において可能となるはずであったろうか。

「ボクラ　モウ　愛セヌモノヲ」――と、無言のうちに呟きながらも、けれど、その人を既に愛してしまっていることを認めねばならぬ衝迫に曝され、歌となってこぼれ落ちてゆく言葉。告げることが決して叶わぬという深い断念に貫かれつつ、しかし、突き上げられてくる思いが、短歌という「呪われた詩形」（第一歌集『夏・暗い罠が』一九六三年の「自序」）をもってしてしか掬い上げられることがないという言葉の臨界点が、この歌のなかで顕わとなっている。「坂下るニグロは肩を落としつつ去るボクラ　モウ　愛セヌモノヲ」という言葉の連なりが突き付けてくるのは、沖縄をめぐる、言葉をめぐる、人種をめぐる、性をめぐる、政治をめぐる、そして「愛セヌモノヲ」愛することをめぐる、狂おしい闘いの裂傷そのものである。新城貞夫という名は、だから、そうした言葉の裂傷の痕跡として、幾度でも繰り返し今に呼び返されるべき私たちの痛みでなければならない。

新城貞夫という歌人がその活動の始まりの拠点とした雑誌『琉大文学』は、米軍占領下沖縄において、ほとんど奇跡的と言っていい高度な文学思想表現の達成をなした、ラディカルな反植民地主義抵抗の文芸サークル誌である。その『琉大文学』の第十七号（一九五九年七月）に、「日本は忌中」と題した九首の短歌を声高にではなく発表して登場した当時二十歳の新城貞夫は、占領下沖縄における自身の政治闘争への関わりを、「因習の根強き轍、異邦人脱出すべき祖国をもたず」という歌に託すというように、その始まりからして、深い喪失感とそして「異邦人」たるべき存在者への深い共振を自身の言葉の核心に内在させていた。

そうした新城貞夫の短歌において、繰り返し歌われ、そして恋われているのが、「ニグロ」であったということは、看過されてはならないことだろう。一九六〇年代当時から現在に至るまで、短歌という「呪われた詩形」において、新城貞夫のように「ニグロ」への恋と恐れそして共振と断絶を日本語に刻み込んだうたびとが、他にいただろうか。寺山修司は？　塚本邦雄なら？　もしや岸上大作に？　あるいは馬場あき子が？　いや、新城貞夫だけだ、と、私はそう思う。

2、不純なるものたちの混淆

そう、私とは自己にあつて一個の他者にすぎず他者のなかにあつては自れの汚れの傷口を見るしかできない。

孤独な営為としての愛、だが、僕はもうそれを語りはしない。なぜなら、喪われてゆくものたちの影よ、僕の精神は、お前の空洞によつて満たされはしないのだ。

再びの孤り立ち、きわめて政治的な討論は僕らを結びつけ、あるいは僕らをひきはなした。さらに諸々の不純なるものたちの混淆、僕はあたためる、あじさいのような孤独

(『夏・暗い罠が』自序　一九六三年)


フォイエルバッハにキルケゴールそしてマルクスへの敬愛を言葉少なに語るこの二十歳を越えたばかりの歌人が、米軍占領下の植民地沖縄という場において日本語で短歌を書くという幾重にも屈曲した行為に自らを追いつめ、その行為そのものによって、自らの内に深く他者をすまわせ、そして他者の中に自らの汚れた傷口をこそ発見しはじめたその時、日本語は、そして日本語に拠る短歌という言葉の器は、根底的な批判と揺動に曝されねばならぬはずであった。

たとえば、すべての日本語は天皇に還ってゆく、という言葉で、裕仁という一人の戦争犯罪人の死を悼もうとしたのは中上健次であったが、もし天皇のもとに言の葉が統べられてゆくという不潔な言葉のめぐりがあるのだとしたら、たとえば次のような歌を、いかにしてこの国の言葉の皇統のなかに位置づけることが可能だろうか。天皇に還りゆき統べられてゆくはずの日

本語そのものによって、この国とこの国の言葉自体が撃ち砕かれてゆくさまを、この危機の時代の極みのいま、新城貞夫の歌に読み届けてみたい。

いまだわが国の滅びは熟れずして蒼紺として荒き海原

にっぽんを逆さに吊す忌の景色、青年は樹のごとく裸なる

（『新城貞夫歌集　朱夏』一九七一年）

わが国、という言葉に込められたおおきな矛盾がまずは想起されなければならない。この歌が詠まれた一九六〇年代、米軍占領下にある沖縄に「わが国」などないのであって（しかし、それは今あると言うべきだろうか?）、逆に、その「わが国」によって戦時中日本本土防衛のための「捨て石」とされ、そして戦後まもなくその「わが国」の天皇のいわゆる「天皇メッセージ」（一九四七年）によって天皇制護持のために米軍へと差し出され、そしてその「わが国」のサンフランシスコ講和条約によって「わが国」そのものから切り捨てられたのが沖縄なのであって、「わが国」および天皇は、沖縄を取り込み棄却する繰り返しのなかで、滅ばねばならぬ自らの滅びを先延ばしにしてきたというべきではないか。その「わが国」の滅びへの深い未発の欲望を呪詛のように日本語において刻むことにおいて、新城貞夫の歌は、自らそのものの日本語において、日本語の成り立ちを裏切り切り裂く。――「そう、私とは自己にあつて一個の他者にすぎず他者のなかにあつては自れの汚れの傷口を見ることしかできない」――彼の歌は、みずか

らの言葉とその言葉を統べるモノ全ての滅びの時を待っている。更に言うなら、彼の歌は、この国の滅びを待ちわびながら、自らの歌そのものを扼殺しようとしているかのようでさえある。

歌による歌の扼殺、あるいは国を歌うことによる国の滅亡を日本語に刻み込んでいく試みは、例えば、右の二首目の歌にも明らかである。この逆さに吊された「忌の景色」においてこそ、「にっぽん」は新城貞夫の歌のなかで、いよいよその死滅をはっきりと予感させていくのだし、その時、その景色のなかで青年の裸体は伸びやかに輝いていくだろう。

だが、と言わねばなるまい。こうした国への呪詛あるいは滅びへの憧憬は、あやうく「呪われた詩形」としての短歌というブラックホールに呑み込まれ、「わが国」の詩＝死のふるさとに抱きとめられてしまう恐れもあるのではないか。

国への呪詛へと赴こうとするこうした歌が、まず「蒼紺として荒き海原」という広やかな視界を持った言葉によって、そしてさらには「青年は樹のごとく裸なる」というみずみずしいエロスを孕んだ言葉によって、それぞれの反逆的イメージを統合しようとするその刹那、だが、「わが国」への裏切りであらねばならぬ新城貞夫の言葉は、海あるいは身体の領土化という、あやうい日本語の情緒の力学のなかに取り込まれてしまっていくようにも思える。むろん、それは、私というあまりに稚拙な素人読みの杞憂にすぎないかもしれない。しかし、短歌という形式そのものが、短歌らしからぬ異物をみずからのうちに呑み込んでいくことで、その版図の拡大を謀っていくという側面をもつのも確かである。たとえば、沖縄の風物や更には沖縄戦までもが、御製のうちに無惨に収奪され陳列されていく痛ましいさまを私たちは既に何度も見せつけられてきた。とするならば、国の滅びそのものを予感し待ち望むためには、国の言葉ではない何か、そして皇統にまつろうことのない何らかの存在による、歌の切断が求められなければならないだろう。新城貞夫自身の言葉を借りるならば、「諸々の不純なるものたちの混淆」そのものにおいて、歌が歌において立ち割かれていかねばならない。

おそらく、そうした歌の裏切りそして切り裂きの可能性を読み解いていこうとする行程のうちに、私たちは、いま一度、ではなく、幾たびも、「ニグロ＝黒人」たちと出逢い別れそして遠く深く混淆し、他ならぬ私たちが「ニグロ＝黒人」たちによって新城貞夫の歌そのもののなかで引き裂かれていかねばならないだろう。

3　蜂起

黒人の蜂起近づく真夏かも池は電柱逆さに吊りて

まず、この歌が、一九六〇年という時のなかで書かれていることの異様さに撃たれなければならない。遠く、北アフリカにおけるアルジェリア独立戦争（一九五四〜六四年）を感知しつつも、世界は、そして、沖縄は、まだキング牧師によるワシントン大行進（一九六三年）も、マルコムX暗殺一年後のブラックパンサーの結成（一九六六年）をも、むろんのこと知ることは出来なかった。そのような時代、沖縄の占領米軍における黒人蜂起という可能性を、この時点で新城貞夫のほかの誰が感知しそれを短歌にし得ていただろうか。

極東の沖縄の地で、二十歳を過ぎたばかりの一人の大学生（占領米軍が親米ネイティヴエリート養成のために創設した植民地大学である琉球大学の学生）が、ひたひたと迫り来る黒人の蜂起を感知しその予感に狂おしく震えつつ、その震えを短歌に刻み込み、日本語のなかにある切断線を引こうとしている。人種、国家、政治体制、それらを分節化し冷戦構造のなかに統御していく巨大な力が、一人の沖縄の大学生の言葉によって攻撃を受けようとするその一瞬を、この歌のなかに発見していかねばならない。そしてその攻撃は、既にして、日本語という均質性そのものの閾のなかにおいて、あらたなる蜂起を予感させている。一九七〇年のコザ蜂起に遥かに先立って、新城貞夫は黒人との蜂起を自らの言葉によって出現させようとしているのである。つまり、この短歌のなかにおいては、来るべき多くの蜂起が先取られそして予告されているのだ。この時、黒人の中に新城が見出そうとしているのは、蜂起という未発の行為を媒介とする植民地占領体制そのものへの侵犯であると言うべきだろう。彼が感知しているのは、占領米軍そのもののなかに芽生えている人種蜂起の可能性であり、その可能性に照らし返される沖縄の人間の蜂起であるに違いない。このとき新城貞夫は、黒人という敵対者たる占領者そのもののなかに、自らの傷口を見出しているのであり、さらに言うならば、その傷の痛みへの共苦を通じて、どこまでも不可能であるかも知れぬ呼びかけを試みようとしているとさえ読み得るように思える。

ここで新城によって幻視されている「逆さに吊られた電柱」は、黒人たちを呪って燃やされたあの十字架であったかもしれないし、また、彼ら黒人の首を吊るしあげ「奇妙な果実」をたわわに稔らせたあの残酷な樹々であるかもしれない。そうした黒人たちの痛みの歴史を、みずからの身体に共振させながら蜂起を生き直そうとする瞬間が、この歌にはおとずれていると言えるだろう。

試みに、こうした歌を幾つか拾い集めてみよう、大切に。


橋渉るニグロの兵の眼底は暗く輝きて火を迎え撃つ

ニグロ女《め》の唇燃ゆるとも海辺より風がさやかに死を運び来る

ニグロまた幻の越境兵か夕焼ける河渡りゆく朱夏

項垂れて還る黒人の兵なりき夕陽その背にさんさんと霏《ふ》れ

これらの歌を拾いながら感じるのは、歌に読み込まれている黒人達の姿のどこまでもかたくなな輪郭である。かれらの身体はどこまでもしたたかに理解や共感を拒んでいる、とそう感じられるほどに、孤立し遠くに去っていこうとしている。歌の視線がその人に近づくや、彼の眼底は火を迎え撃ち、こちらの視線を遮断する。あるいは、唄う「ニグロ女《め》」の唇にふれんばかりに近寄ろうとすると歌に突き返されるのは、あまりに間近な現実の死である。

つねに遠ざかり去っていこうとする黒人を、見やりそして葬るしかない歌のまなざしは、だが、その拒絶ゆえに、いよいよ深く対象に囚われていくばかりであるし、それだからこそ、かれらを「越境兵」として幻視し迎えようとし、そしてその背にそそがれるべき夕陽にみずからの身体の触手をしのばせていこうとしているかのようでもある。

この歌のうたい手が彼らについて知っているのは、彼らがベトナムで死ぬということだけだ。あるいは、かれらが、ベトナムで人を殺しそしてこの沖縄で私たちを殺すということだけだ。だが、この極東の島に送られ、そしてベトナムで殺し死んでいく彼らの殺人と犬死にが、誰によって何の名において仕組まれているのか。ベトナムから還ってきた彼らの切り刻まれた遺体の片々を集めつくろい、アメリカ本国に送り返す労働によって幾ばくかのドルを稼いでいた沖縄の人間にとって、黒人とは、既に死臭につつまれた存在であったはずである。彼らは、殺し、死ぬ。

その死を死ぬ黒人たちへ送り届けられるべき歌は、だから、返歌のあり得ない挽歌となって歌人の主体を傷つけ、彼との絶対的な距離のなかに歌人を突き放すことになるしかないのだ。

4　「愛セヌモノヲ」愛する

再び、あの歌を呼び返そう。

坂下るニグロは肩を落としつつ去るボクラ　モウ　愛セヌモノヲ

愛セヌモノを愛するということの無限の痛みのなかで、言葉が滞留している。愛セヌモノへの愛は、愛を告げることの絶対的な不可能となって、私自身をあの人から引き離すだろう。しかも、この歌においては、日本語そのものが、すでに、愛セヌモノへの愛の絶対的な懸隔となっている。この時、誰の言葉で、日本語は、あるか。

「ボクラ　モウ　愛セヌモノヲ」というつぶやきは、そもそも、日本語であったろうか。それは、肩を落とし坂を下っていくあの人の言葉ではないように、また、私の言葉でもない。誰にも届かない、傷のような裂開としての日本語。その言葉をかりそめにも書き記す時、いよいよ「私」の歌は、あの人から遠く遠ざかり、私から遠ざかる。あの人を愛していることを認めるその瞬間に、日本語が、あの人を私から分かつ。

「たえず現前するわたしというのは、たえず不在であるあなたの前でしか成立しない。不在を語るとは、したがって、主体の場と他者の場とが交換されないと主張することだ。つまりは、「わたしは、自分が愛しているほどには愛されていない」と言うことなのである」（ロラン・バルト『恋愛のディスクール・断章』三好郁朗訳、みすず書房、二一頁）といった言葉を肯うこととは、私が私を、一個の痛みとして肯うこととの別だろうか。この痛みのなかで、私は、坂を下りてゆくあの人を見失い、ただ、逃れようのない「私」という牢獄に囚われながら、またひとりの「恋する虜」となる以外どんな手だてもない。そうした「私」の痛み＝悼みが、「ボクラ　モウ　愛セヌモノヲ」という言葉と化して歌人を襲っていることは確かなように思える。

モウ　愛セヌモノヲ――この言葉において語られているのは、愛することの断念と、その断念においてこそ語られねばならない愛以外ではないだろう。むろん、この不可能な呼びかけには、相手からのいかなる返答もあり得ない。拒絶すらない。あるのは、ただ、何の見返りを求めることもない、あなたへの歌の贈与だ。

こんにち、私は、こうした歌を、誰におくり得るだろうか。のろわしさと絶望と、不意の殺意に、私が私によって深く囚われ傷つけられているこの沖縄のいまにおいて、あの人へ贈られるべき歌を探し当てることは可能だろうか。私は、ただ、新城貞夫という一人の歌人のまなざしが、いまこの時、深い闇に放たれていることをはっきりと感じながら、私の歌の不可能を確信しているだけだ。

二〇〇五年十一月に

「愛セヌモノ」へ

日本語を裏切る
又吉栄喜の小説における「日本語」の倒壊

1 「沖縄で日本語の小説を書くこと」

近現代における沖縄文学の歴史的展開において、日本語を書く、という行為は、「自然」な行為では、決してなかった。単純化を恐れずに言えば、日本語を書くという行為は、ある種の強迫であったし、また、ある種の夢のようなものでもあった、と考えられる。日本語は、それを獲得することによって、はじめて近代を生き得るという手段であるばかりではなく、それ自体が同時に目的でもあった。その意味で、近現代沖縄において日本語を書くという行為は、国民国家生成のプロセスに参入するための極めて強力な政治的意味を担っていたと言えるだろう。

沖縄において日本語を書く、という行為にまつわる政治性を考えようとするとき、戦後沖縄の代表的作家である大城立裕の次のような言葉のなかに、その分裂的かつ矛盾に満ちた「夢」と強迫観念を読み取ることができる。

よい標準語のために、とは柳宗悦も方言論争で言っている。日本標準語のよりよい完成のために、方言が役立つはずだ、と言った。ということは日本語の表現領域をひろげるために、また同じ意味でもよりよい語感のものを、方言から選ぶ、ということにほかなるまい。

ほんの一例だが、沖縄の国体を「若夏国体」と私たちは名づけた。「若夏」とは、オモロ語であるが、今日、沖縄本島では死んでおり、先島地方で生きている。これを国体に名づけることで、この言葉を日本語に加えようというのが、私たちの野心であったのだ。このような試みを、より多く沖縄の作家はすべきなのだ。雪国で生まれた「なだれおちる」という言葉が亜熱帯人の私たちにも使われているように、私たちの風土で生まれた言葉を、言霊を持つものとして日本語に加えようというのである。

（大城立裕「沖縄で日本語の小説を書くこと」『沖縄、晴れた日に』一九七七年刊）

大城立裕は、極めて早い段階から、自覚的に、沖縄語を自らの小説表現のなかに組み入れる試みをしてきた作家である。その大城において、しかし「沖縄方言」は、「日本語の表現領域を広げるため」という目的においてのみ承認されていると言えるように思える。「日本標準語のよりよい完成のために、方言が役立つはずだ」という柳宗悦から大城立裕に受け継がれゆく言葉に見出されるのは、沖縄において日本語で小説を書くという行為のなかにおいて、「日本語」という表現領域が、極めて強固な規範となって政治的に機能しているという事態にほかならない。そうした政治性を、多様な言語の並存的混淆といった「多文化主義」的楽観によって隠蔽してはならない。近現代沖縄文学において、「日本語」は、極めて排他的に自らの中心性を構築してきたと言うべきであり、そうしたプロセスは、「日本語」を唯一の言語的規範として内面化していくような、「沖縄人」自身の自己検閲によっても規律化されてきたと言うべきだろう。そうした日本語の統制のなかにおいて、沖縄語の役割とは、いわば、日本語という中心を補完する周縁文化としてのみ承認され許可されてきた虚ろな記号でしかなかったとさえ言えるかもしれない。その意味で、先に引用した大城の言葉に露呈しているのは、「日本語」という基準の内部において、沖縄方言がいかなる周縁的貢献をなし得るかという、反転された承認欲求であるとも見なし得るだろう。

だが、こうした大城の言葉を、単なる同化志向といって批判して切り捨ててしまうことにあまり意味はない。むしろ、こうした大城の言語認識のなかにこそ、沖縄において日本語を書くことにまつわる権力関係の傷痕が刻印されているとも言えるはずである。その意味で、私たちはここでの大城の言葉のなかに、日本語という規律が、暴力的に表現者の「内面」を創造しこれを拘束していく過程を読み取っていく必要がある。そのうえで、ここで求められているのは、「沖縄で日本語の小説を書くこと」にまつわる抑圧が、「日本語標準語のよりよい完成」という「夢」に昇華されようとするまさにその時に、「日本語」自体がその政治性を問われるという反転する言葉の動態を発見していくことである。こうした「沖縄で日本語の小説を書くこと」にまつわる転倒を考えていくうえで、又吉栄喜の『ジョージが射殺した猪』（一九七八年）は、特に重要な思考の契機を提示している小説と言えるように思える。

大城立裕の後続の作家として、又吉栄喜は「土着」的沖縄を描く作家として広く知られているる。しかし、その又吉の初期小説においては、むしろ、ポストコロニアル的暴力が発動され続けている場所として沖縄を捉えるというラディカルなまなざしが、そのテクストの特徴をなしている。とくに、『ジョージが射殺した猪』にはそうした特徴が顕著である。

ベトナム戦争下の沖縄における一人の下級米兵の混乱した意識と身体を、沖縄の老人を「猪」に見立てて射殺するに至る過程のなかに表現している小説が、又吉栄喜の『ジョージが射殺した猪』であるが、私が、この小論で注目したいと考えているのは、軍事支配を実行する「ジョージ」という一人の占領米兵のなかの不安と恐怖を、日本語による内面独白というういっけん矛盾した方法で提示していくこの小説の言語的実験の政治性である。東アジアにおける植民地主義的暴力の継続という政治のなかにおいて戦後沖縄そのものを問い直していく小説として『ジョージが射殺した猪』を読み解いていくとき、看過されてはならないのが、このテクストの全てが、細部にいたるまで日本語で書かれているという点である。そのいっけん当然と思われることが、極めて矛盾に満ちた言語的抗争を読者に突き付けてくるという事態のなかに、「沖縄で日本語の小説を書くこと」の逆説的な試行がみいだされてくるだろう。

2 「他者の言語」としての日本語

小説『ジョージが射殺した猪』において、下級米兵である主人公「ジョージ」は、迫り来る戦死への恐怖のなか、「沖縄人」女性へのレイプの強迫と米兵仲間達から暴行をうける日々の混乱した意識を内的独白という形式において語っていく。しかし、そこで「ジョージ」の内的独白はその全てが「日本語」によって翻訳されている。より正確に言うならば、翻訳という指標や徴もないままに、ただ日本語によってジョージという一人の米兵の〈内面〉が覆われ、そしてテクスト全体が日本語によって表出されていくのである。暴力的なまでに単一言語主義的に、日本語による支配がテクストを覆っていくのが、この小説の特徴であると言えるだろう。しかしその一方において、この小説においては、彼を囲い込んでいく「沖縄人」たちの語る「日本語」および「沖縄語」は、「ジョージ」には決して聞き取ることのできない不気味な騒音（ノイズ）としか感知されず、小説の中で「翻訳」されることはない。ただ空白となって投げ出されている。つまり、この小説においては、「日本語」は、徹底して「他者の言語」としてのみ提示され、そして決して埋められることの無い空白となってテクストの表層に滞留するばかりなのである。

たとえば、次に引用する場面には、ベトナム戦争時において、米軍アジア侵攻前線基地とされた沖縄における、人種、階級、ジェンダー、セクシュアリティをめぐる暴力的抗争関係が描かれているが、そこでは、いっけん透明性を確保しているかに見える「日本語」の政治性が、極めてアレゴリカルに提示されている。

トイレの周辺で女たちたちがざわめいた。ワシントンがズボンのバンドをしめながら出てきた。マスターはすぐワシントンに近寄り、談合をはじめた。両目がとろんとしたワシントンはまともにマスターをみず、めざわりだといわんばかりにマスターの顔をグローブのような手で押した。マスターはよろめき、シートにつまずき、フロアに尻もちをついた。ワシントンは夢遊病者のようにドアをあけ、外に出た。ジョンが捨てゼリフをはいた。なんであんなに騒ぐんだ、たかがいたずらぐらいで、敗残の劣等者のくせに。ジョージはトイレを見た。

> 仲間の女たちに囲まれ、強姦されたらしい女はうずくまっていた。無言だった。死んだのかなとジョージは思った。〈山男〉たちがしきりに女をよんだ。何をしているんだ、早くすわれ。ジョージはあわててジョンたちを追い、外に出た。熱気がむっときた。マスターらしき者の大声がきこえた。ジョージはふり向かなかった。ののしられている気がする。沖縄方言らしい。あの語気あの語調はたしかにののしっている。マスターは逃げる準備をしながら、こぶしをふりあげ、歯ぎしりをしているだろう。しかし、ホステスたちはあの〈山男〉たちに群がっているにちがいない。ののしりの余韻はながくジョージの耳に残った。

殺気だったこの場面のなかの会話において、物語内容のレベルにおいては、日本語は一切使われていない。使われている言語は、英語と沖縄方言だけのはずである。しかし、その再現に当たっては、日本語だけが使用されている。つまり、日本語は表象の上で全てをカバーしているにもかかわらず、物語内容レベルにおいては、あらゆる実体性を奪われているのである。むしろ、その透明化された翻訳手段としてのみ、読者の前に「日本語」が提示されていると言えるだろう。つまりここでは、日本語が排除されているという言語的動態が提示されるためにこそ、日本語が表記言語として用いられるという背理が見出されるのである。

ここにおいて、「沖縄で日本語の小説を書く」という行為における、虚構性とその虚構性に逆照射される日本語の危うさが、露呈されてくることに注目しなければならない。登場人物たちが口にすることもなければ、その言葉で思考することもない日本語が、小説の全体を覆い尽くしているという奇妙さ。むしろ、この奇妙さの露呈を、極めて意識的に読者に想起させる契機として、この場面において米兵たちが語る「日本語」があると言えるかもしれない。それと同時に、「日本語」となって発話されたかも知れない「沖縄人」による「ざわめき」や「ののしり」が、それと察知されながら決して聞き取られ充填されることのない言語の痕跡＝空白となって、この小説に呼び招かれていることは重要である。つまり、この『ジョージが射殺した猪』という小説における「日本語」は、それ自体決して自然でも必然的でもない、便宜的な「言語」として非本質化されているのである。テキスト全体を覆い尽くしながら、しかし、同時に、物語の外部に放擲されるほかないのが、この小説における「日本語」なのである。

　こうして読者は、「ジョージ」の混乱した意識の軌跡を読み取りながら、それを表出している「日本語」との関係において、極めて矛盾した位置に投げ込まれることになる。つまり、「ジョージ」という一人の米兵の「内面」をのぞき込むために、小説で書かれた「日本語」を、「ジョージ」の「内面」を過不足なく表現しているはずの文字表記として目で追うしかないのだが、そのとき読者は、今まさに読み進めている「日本語」が、当の「ジョージ」にとっては決して理解されることのない「他者の言語」であるという矛盾した地点に絶えず引き戻されるのである。語りの透明さが、書かれている内容の真実の保障となるというのが、一般的な近代的小説方法だとするならば、この小説は、むしろその言葉と内容との一致という幻想を、小説の初めから裏切ろうとしていると言えるだろう。

　しかも、加えて重要なのは、そうした「日本語」をめぐる表記と表記内容（物語）との間の絶対的な距離が、単に「ジョージ」という米兵の出自や帰属に還元されることがなく、この小説に登場する「沖縄人」を含む全ての人物のなかに刻印されていくということである。誰にとっても、「日本語」は、虚構的な変換（翻訳）のなかにおいてしか存在しない。こうした言語的葛藤のなかにおいてこそ、この小説は、「日本語」をその内部において、食い破っていこうとするのである。ここで引用した部分に戻って、少し詳しくその言語的ダイナミクスを読み解いてみよう。

引用部の始めにおいて、強姦されたホステスを囲んで沖縄の女たちが「ざわめい」ている。そして、このざわめきを聞きつけ、店の「マスター」は弁償金の「談合」を始めようとしているのだが、それに一切耳を貸さずに米兵の「ジョン」は、「なんであんなに騒ぐんだ、たかがいたずらぐらいで、敗残の劣等者のくせに」という言葉を吐き捨てバーを出て行く。その背中に向かってマスターの「沖縄方言らしい」「ののしり」が投げつけられるが、そこで主人公「ジョージ」は、こうした暴力を被りながらなお、ベトナム帰りの「山男」たちに身体を売り媚びを売るしかない沖縄のホステスたちの存在の矛盾に思いをはせている。

こうした場面展開のなかで、言葉の位相は刻々と変転していく。まず、強姦されたホステスのうめき声とそれを囲む女たちの「ざわめき」が、いったい何語によるものかは、この場面には明記されていない以上、それが、日本語なのか沖縄方言なのかは判断することは出来ないし、英語である可能性も残る。その暴力沙汰を金で解決しようと米兵と「談合」する「マスター」の言葉が英語であるだろうことは容易に予想できるし、金に群がり、騒ぎ立てる「沖縄人」たちを「敗残の劣等者」とさげすむ「ジョン」の言葉がやはり英語であるだろうことも推定できるのだが、しかし、この場面の最後において、マスターが悔し紛れに叫んでいる「ののしり」を「沖縄方言らしい」と推察する「ジョージ」には、その推測の根拠は何もない。この場面においては、実のところ誰が何語を語っているかを弁別する指標は無いのである。すべての発話は、人種や性や職業・階層といった登場人物の属性によって推測するほかないのだが、その推測は実のところは決定困難である。そうした言語の反秩序的動態を提示するいっけんニュートラルな言語として「日本語」が、この小説を覆い尽くそうとしているかのように見える。しかし、この日本語が、この場面における言語的な混沌を正しく逐語翻訳的に反映したものとなっているかどうかをこの小説のなかで確認することは全く不可能なのである。たとえば、少なくとも「沖縄人」の言葉は、その属性においてすら、何語で語っているかについては、決定する根拠はどこにもない。つまり、この小説に登場する「沖縄人」は、他者との関係において、何語を語っているかは全く決定できないのである。

こうした言語の決定不可能性という秩序崩壊から、この小説全体をかろうじて守ろうとする防波堤として「日本語」という表記が用いられていると、ひとまずは言い得るようにも思える。だが、この時、この小説における日本語「日本語」は、既に、日本語としての自己同一性を保ち得ていない。というのも、この小説における「日本語」は、それを母語として語る存在を一切排除しつつ、同時に、それがはたして正しく登場人物の英語なり沖縄方言なりの翻訳になっているかどうかは判断できないという点において、意味伝達の役割を果たしているかどうかを立証できない借り物に過ぎないからである。この日本語の同一性の解体という出来事は、特に、沖縄方言との関係において明白なものとなってくる。と言うのも、登場人物のなかの「沖縄人」が語る沖縄方言について言えば、それに対応する「日本語」は全く示されておらず、ただ「ざわめき」や「ののしり」として意味をなさないノイズとしてのみそれを提示されるしかないからである。

つまり、沖縄方言を日本語の内部に取り込みこれにしかるべき翻訳を施し、日本語の秩序のなかにこれを位置づけることができないのである。このとき日本語は、他の言語との共約可能性を奪われ、ただそこに「他者の言語」として投げ出されていると言うべきであろう。この場面を読む時、そこに浮上してくるのは、小説で全てを再現しているはずの「日本語」の、奇妙なまでの虚構性なのである。

こうした物語レベルにおける言語的反秩序性と、これを統一的に表示しようとする「日本語」の表記レベルにおける葛藤は、おのずと、この小説における言語的階層性を解体の危機に直面させる。こうした混乱を別の言葉で言うなら、この小説は、日本語という言語を、まるで外国人が語る外国語のように引用してこれを表記しているということであり、ここにおける日本語は、いかなる点においても模写(ミメーシス)的な位相にはあり得ないいわば便宜的手段としてのみそこに提示されているということである。引用の徴を消去された形で、何者によって翻訳されたか知りようのない痕跡としてのみ、この小説においては「日本語」がその根拠を奪われつつ提示されるばかりである。つまり、この小説においては、日本語が用いられれば用いられるほど、その日本語は、国民国家的同一性の言語的象徴としての「母語」あるいは「国語」としての「日本語」の秩序から遠ざかり、そして同時に、その同一性という秩序を打ち破っていくしかないのである。

3 戦争のなかの日本語

こうした言語的葛藤を考えていく時、この小説が極めて、奇妙なディスコミュニケーションによってなりたっていることが理解されてくる。つまり、互いが互いを理解し合えるという前提が、この小説では失われているのである。相手が語っている言葉を理解することができず、また、自分が語る言葉が相手に理解されることもないという共約不可能な場に投げ込まれているのが、この小説の全ての登場人物たちであり、その点で言えば、彼らは、言葉の戦争とも言うべき闘争関係のなかで、敵か味方か分からない「他者」の不可知性に晒されていると言うべきである。

言語の戦争として現れてくる他者の不可知性について、この小説は、最後の場面で、極めて示唆的な展開を見せて、私たちに、「戦後」東アジアにおける、日本という国民国家の軍事政治的位置についての省察を促そうとしている。

動かず、ジョージの小さい動きもみのがすまいと注意深く目をこらしているらしい黒い固まりと八、九メートルのへだたりがある。にらみ敗けてはならない。ジョージは目をこらした。顔がこわばった。よそものめというあの目。俺は知っている。そんな目でみるな。あんたたちがそんな目でみないでも俺はこんな所にいたくないんだよ、しかたなくいるんだよ、どうしようもないんだよ。ジョージはわめきちらしたい衝動をおさえた。あんたにそんな目で俺を見る資格はないよ。汚いキャバレーのホステスの親だろ、あの女たちはよくしゃべるし、笑うし、あんたは無口だが、目がちがわないんだ。俺はだぶだぶのアロハシャツに隠した後ろポケットからマグナム五〇五をぬき、安全装置をはずした。（略）ジョージは思いきり引き金を引いた。轟音が広い空間に響き、薬莢が飛び出、同時に影がゆっくりうずくまった。

しばらく、射撃の反動でジョージの腕が痙攣した。ジョージはよろめきながら黒い物体に近づいた。足の力が抜け、もつれ、ジョージは金網にもたれた。笠をかぶったままなので首がへんてこに曲がり、顔はなおひどくねじれ曲がっている。体はうつぶせになっているが、その窮屈げな顔はジョージを向いている。

ここにおいて、ジョージは、「猪」になぞらえた「沖縄人の老人」と内なる語りかけを試みようとし、そしてその「猪」を射殺するに至る自らの狂気との内的対話を激しく模索している。しかし、ジョージの言葉は決して発話されることはなく、この小説においては「日本語」に覆われていく。だが、重要なことは、テクストを覆うこの「日本語」自体の絶対的非共有性によってこそ、「ジョージ」と「猿のような顔」をした沖縄の「老人」は、完全に隔てられ、そして同時に敵対的な関係のなかで対峙させられているということである。

「ジョージ」は心のなかでこう叫んでいた。「一体、俺を押し込めているのは誰なのだ、誰のしわざだ、こんな町に、こんな島に」と。また、やはり心の中でこうも呟いている。「あんたたちがそんな目でみないでも俺はこんな所にいたくないんだよ、しかたなくいるんだよ。どうしようもない」と。この「ジョージ」の問いかけを個人的な感慨として理解すべきではない。むしろ、ここで「あんたたち」と呼びかけられているのは、「沖縄の老人」であるというより、この小説を読みつつある、日本語を理解してしまっている全ての存在であり、そこで、「ジョージ」の言葉によって、「あんたたち」の政治性が問われていると言えるだろう。ここにおいて、この小説は、「ジョージ」の生死を握りつつ彼を「沖縄」という島に幽閉している政治力学をこそ厳しく問うのである。「ジョージ」は沖縄という何の縁もない土地でひとりの「老人」と対峙しているのだが、その出来事は、いうまでもなく、サンフランシスコ講和条約（一九五二年）そして日米安保条約という軍事同盟によって、沖縄という「占領地」が日本という国家の内なる外部として米軍に差し出され、ベトナム侵攻前線基地となっていくという政治的現実によって引き起こされているのであった。ジョージが沖縄の老人を「猪」にみたて射殺するという出来事を決定し、彼らをそうした不条理な状況に追い込んでいるのは、日本とアメリカの軍事同盟に他ならず、さらに言えば、「戦後」東アジア全体を戦争状態に陥れていくパックス・アメリカーナ（Pax Americana）的覇権力学と、その軍事的支配に積極的に荷担し、東アジア全体を新植民地主義的拡大のもとに経済的に支配していく日本という国家の覇権力学との癒合に他ならない。換言すれば、この最後の場面に働いてる力学とは、近代以降、沖縄を含めた東アジアをその軍事的経済的支配下においていった帝国日本という国民国家の植民地主義の継続した暴力と、第二次世界大戦後、共産主義勢力への対抗という名目で東アジア全域を軍事的経済的に支配していくアメリカの対アジア戦略の暴力とが、ともに手を携えて、本国の外延を戦線化していく戦争の政治力学そのものということができるだろう。

しかも、このとき重要なのは、日本のベトナム戦争関与は極めて用心深く不可視化され、その軍事的抑圧は、沖縄という植民地に集約されて、日本国民の関心から遠ざけられたという歴史的過程を想起することである。あたかも、日本はこのベトナム戦争に関与せず、政治軍事的に中立的な立場に在るかの如き虚偽と隠蔽が、戦後日本において一貫して謀られてきた。この隠蔽のなかでこそ、沖縄は軍事的拠点としてアメリカと日本によって、再植民地化されてきたのであり、そして、まさにこの植民地主義暴力の継続の過程のなかにおいてこそ、「ジョージ」もそしてジョージに殺されていく沖縄の老人も、ともに、その生を奪われていく存在にほかならないのである。

こうした存在者を描くに当たって、この小説の全てが「日本語」で書かれているということのポリティクスが、ここに至って明らかになってくる。いうまでもなく、ジョージにとっても、そして沖縄の老人にとっても、「日本語」は、それぞれの「母語」でもなければ「国語」でもない。「ジョージ」にとってそれは得体の知れない騒音のような言語であり、そして沖縄の老人にとって日本語は植民地主義の歴史において教育された宗主国の言語である。彼らにとって、「日本語」は「他者の言語」である。しかし、この小説においては、ベトナム戦争という東アジア全体を巻き込んでいく戦争を背景としながら、二人は、この「他者の言語」において繋ぎ止められ、「沖縄」というベトナムの前線地において出会わねばならない状況に追い込まれているのである。かれらは、まさに彼らを表象=代理する「日本語」によって暴力的に対峙させられ、そして殺害事件の当事者たらしめられていると言えるのである。

この時、この小説全体をまるで透明な記号のようにカバーしつくし、「ジョージ」をはじめとする多くの米兵たちと、また様々な「沖縄人」たちを表象する「日本語」の政治性がある矛盾した様態のなかに浮上してくる。つまり、自らの政治性を消去しつつ透明な記号のような役割を果たし、人々の意識から自らをかき消しながら、その実、その言葉の権力性によって、本来なら出会うこともなかったであろう、アメリカの地方出身の「ジョージ」と極東の小島に過ぎない沖縄で貧しい生活を送っている一人の「老人」を対峙させるこの小説における「日本語」

が、東アジア全体の戦線化に荷担して自らの安全保障を確保しようとする日本という国家の政治的暴力のアレゴリーとなって、読み手の前に立ちあらわれてくるということである。

このとき看過してはならないのは、ベトナム戦争下における日本という国家の位置と、この『ジョージが射殺した猪』という小説に於ける「日本語」の位相とが、明らかにアナロジカルな相関をもっているということである。つまり、戦争の当事者間にあって政治的中立の立場にあるかのような透明性を保ちそのことで軍事的紛争から身を引いているようにカモフラージュしながら、その実、沖縄という内なる外部を保持することによって、ベトナム戦争そのものに深く関与しそこから軍事的かつ経済的利益を得ていく日本という国家の政治性をこそ、この小説のなかの「日本語」は忠実に反映しているのである。自らの姿を消去しつつ、媒体としての中立性を偽装しつつ、東アジア全体の戦時体制化に深く関与していく日本という国家の在りようと、この小説における日本語の位相は、不可分の関係にある。

その意味でいえば、この小説における「日本語」は、みずからの政治性を逆説的に提示しているという点において、「日本語」という言葉に孕まれている、帝国主義的暴力性を露呈させる契機となっていると言える。同時にまた、アジアにおける植民地主義の継続という過程における「日本語」の暴力をもそれを読む者に想起させる可能性を持っていると言えるだろう。

つまりこの小説における「日本語」の相関的形象は、沖縄を植民地支配してきた日本という国家の近代史的位相と、アメリカの東アジアにおける軍事的支配に荷担していく日本という国家の政治性を、同時にあぶり出すことになる。こうした小説的可能性において、「日本語」を非自然化しその言語のもつ歴史的政治性を再審する契機として、又吉栄喜の小説『ジョージが射殺した猪』をとらえることが可能なように思えるのである。

追記　テクストとして『沖縄文学全集第八巻　小説Ⅲ』国書刊行会、一九九〇年、収載版を使用した。

沖縄を語ることの政治学にむけて

1　聞き糾される「沖縄の人々の本音」

昨年は、沖縄の本土復帰30年という節目を迎え、色々考えさせられた。豊かな自然に恵まれた沖縄が年々汚れ、本土化、近代化してゆく様を見ることは何とも心が痛んだ。申しわけないという気持ちと、沖縄お前もかという気持ちが絡まり合って、どう表現していいのか苦しんだ。そういう時かもしれない。沖縄の人々に本音を語ってもらえばいいんじゃないのか。沖縄にも多様な考え方を持つ人々がいるだろうからその本音を聴いてみたいと考えた。その一つが、昨秋のシンポだった。しかし時間の制約や人数の制約もあってあまり充分とは言い難い結果に終わった。それで今回の企画となった。まず、執筆陣は基本的に琉球人だけに。ジャンルも多様な方々を。地域も「沖縄」とせず、「琉球文化圏」とした。この中で本音の言葉を聴きたかった。どんなことを考えているのか。

改めて知った。やはり琉球の文化とは奥が深い。しかも日本の原点ではないかと。これか

らも、琉球がよいは続きそうだ。今の日本の原郷を知るためにも。（亮）

（「編集後記」『別冊環　琉球文化圏とは何か』藤原書店、二〇〇三年六月刊）

どんなに疲労困憊していても、そして、沖縄をめぐる認識論的構図を変えることなど所詮は無理なことなのだと諦めたくなっても、それでも、繰り返し何度でも沖縄を語ることの政治性を問わなくてはならないと思わされるのは、引用したようなほとんど反復強迫的な言葉に今なお出会わざるを得ないという言説状況から、私たちが決して自由ではないからである。

「琉球人」の「本音」を聴きだしそれを該当者たちに語らせようとする思いやりに満ちた編集者（亮）氏の出版編集の力により、帯に刻まれた言葉に拠れば「現地からの声　総勢七〇名の執筆者が描く琉球の全体像」が余すところなく開示されるべく出版されたのが、この『別冊環　琉球文化圏とは何か』なる記念碑的奇書ということになるのであろう。

だが、そもそも「琉球人」の「本音」を聞きたいという編集意図の発現以前に、琉球人の本音なるものが存在していたと言えるだろうか。もし仮に、琉球人の本音なるものが存在したとしても、それは「琉球人だけに」よってしかも「ジャンルも多様な方々」によって語られそして聞き取られるべき何事かとして既に現前しているような何かであり得るのだろうか（それにしても「ジャンルも多様な方々」とは、いったいどのような方々であろうか）。むしろそうした「琉球人の本音」なるものは、「豊かな自然に恵まれた沖縄が年々汚れ、本土化、近代化してゆく様を見ることは何とも心が痛んだ」というこの編集者（亮）氏の、「今の日本の原郷を知るためにも」という遡及的かつ非歴史的思考のなかにおいてこそ初めて産出されてくるファンタジーと言うべきであろう。その時、「本土化、近代化してゆく様」を見せようとしている「沖縄」は、本来なら、近代化からも、そして「本土化」していく時間経過からも取り残されそして汚染されてはならない「豊かな自然」として、外部化＝非歴史化されていなければならないはずであった。にもかかわらず、惜しむらくは「近代化」という汚染を経ることによって、「日本の源郷」であるべき沖縄は、「本土化」という歴史を獲得してしまい、他ならぬその歴史によって自ら汚染されてしまったのであるらしい。「沖縄お前もか」と、編集者氏の嘆きは深い。

そうした嘆きと喪失感を補填するべく要請されてくるものこそ、近代化という汚染のなかにあって、未だ無垢を留める「沖縄の人々の本音」というもう一つの自然に他ならない。「豊かな自然」が駄目なら、今度は、「沖縄の人々」がいるじゃないか、ということだろうか。どうやらこの編集者氏は、立ち直るのも早い。

こうした、沖縄へのフィールドワーカー的な言葉に関しては、既に私たちは聞きなじみのものであるはずである。「沖縄の人々の本音」について尋問されたことのない沖縄の人間がそういるものではないという気がするし、それぞれ、尋問された時に応えるべき自白パターンを幾つかは準備しているはずだ、という気もする。また今度は逆に、沖縄という場で沖縄の人間から「ヤマトンチュー」＝日本人としての本音を糾問されて辟易したことのない「ヤマチントユー」が生存していることを想像することもやはり難しい。「本音」の相互承認無くして、沖縄と日本の関係はありえないかのようでもあり、そして語り合うべき「本音」無くして、沖縄の人々は（むろん「日本人」も）存在してはならないかの如くである。

だが、くり返し言えば、そもそも「沖縄の人々の本音」というようなものが、そんなにも容易に、語りそして聞き届けられる安定した認識的布置のなかにおいて見いだされるはずなどないのではないか。むしろ、「本音」は、それを聴取しようとする発問者のなかにおいて既に了解済みのものとして先取られ収奪されている、と考えた方が良いのではないか。

そのあたりの事情を知るにあたって、この『琉球文化圏とは何か』という書物以上の素材はまたと無いだろう。そこに収容されている七〇人にも及ぶ沖縄「現地人」たちの供述は、実に見事に整序化されジャンル化されているのであるが、それらは、「琉球にとって豊かさとは何か——基地・産業・自然」「琉球の歴史——島嶼性・移動・多様性」「琉球の民俗——言語・共同体・伝統」「琉球のアイデンティティー——帰属・主体・表象」といった四項目の構成のなかに「本音」として押し込められているのであった。むろんのこと、そこに収められた個々の論考について、ここに詳しく論じる知識も意欲も些かも持ち合わせてはいないのだが、しかし、こうした編集のあり方によって、実のところお互い相矛盾し激しい抗争を展開しているはずのそれぞれの論考が、奇妙に収まりの良い言説配置のなかに統御されているように見えることは確かである。そもそも、四項目に分類される「本音」などというものがあるはずがない。敢えて言えば、こうした分類的発想以前に「琉球人」などという人種的カテゴリー自体があり得るかどうか、そのことこそ問われるべきだろう。これは個人的な感想に過ぎないが、私自身は、どうあがいてみても、「琉球の民俗」といったカテゴリーのなかに自らの「本音」とかいうものを探し出すことはできそうにない。たぶん「琉球の歴史」「琉球のアイデンティティー」「琉球にとって豊かさとは何か」といったカテゴリーについても同然である。土台が、『琉球文化圏とは何か』といった問いかけそのものが、私にはほぼ理解不可能である以上、その言説編成の構図の中で自分の「本音」を探し出そうとすること自体が無理と言えば無理なのである。(いったい『琉球文化圏とは何か』とは何か?)

2 ネイティヴ・インフォーマントの生産

だが、こうした「本音」尋問に対して、召喚されている「現地人」たちのなかの少なからぬ人たちがさしたる苦も無い様子で見事に応答している光景は、なかなかの奇観と言うべきである。割り当てられた発話の位置に自らの言葉の照準を見定め、揺るぎない確信のうちに「沖縄の人々の本音」が語り明かされようとしている。たとえば、ここである二人の文章を読み届けてみよう。

最も肝心なことは、そもそも五百年、千年という昔の「琉球の精神風土」や国王および人民のことを現代の国民国家や独裁政権国家等を見るような意識・感覚で解釈する点に根本的な誤りがあると思う。(中略)要するに『おもろ』の精神は、人間社会の災いや諍い、不吉なことや否定的なことなどを一切排除または無視し、ただひたすら前向きに、良いこと、素晴らしいこと、慶賀なることをのみ祈願する点にあるのだから、その精神に立ち戻るならば、人が何と言おうと気にせず、ただ前向きに書いていくだけだと。

(真久田正「おもろ風現代詩の試み――『おもろさうし』にみる古琉球の精神風土」)

〈琉球民俗学〉を確立するためには、琉球列島内の島々、村落の民俗文化の調査にこれまでより一層の努力を傾け、島ごとの多彩な文化の偏差を見極め、各島嶼・島嶼群の民俗の弁別的特徴を解明することが不可欠である。それは筆者自身に与えられた課題でもあり、少しずつであるが歩みを続けたいと思う。

（比嘉政夫「琉球民俗学は可能か」）

この『琉球文化圏とは何か』という書物のなかにおいて、前者の文章は「琉球の歴史」の項目のなかに、そして後者の文章は「琉球の民俗」のなかにそれぞれ分類・配置されている。ここで両者は一見「弁別的」にそれぞれのテーマについて個別的な「本音」を述べているかの如きではあるが、その実、両者の言説は驚くほど似ている。おそらく、歴史的現在の排除という一点において両者の言説のスタンスはほとんど同一の地平を彷徨っていると言っていい。両者の文章において「琉球」とは、遡及されるべき起源という絶対的同一性において既に確固たる意味を獲得しており、あたかも、前者における「琉球の精神風土」、そして後者における「琉球民俗学」という文学的かつ人類学的知の領域化のためにこそ、沖縄をめぐる諸文化が要請されているると見えるほどである。そこにおいて「琉球」は、「多彩な文化の偏差」をはらむ格好の民俗学的素材以外ではなく、そして、「人間社会の災いや諍い、不吉なことや否定的なことなどを一切排除または無視」することで「立ち戻る」ことのできる文学的精神性以外のなにものでもない。実に明快な論理である。しかし、この明快さが、繰り返し言えば、歴史的現在としての語る位置の消去という政治性によって確保されていることは見逃されてはなるまい。

「琉球」にまつわる歴史学や文学あるいは民俗学を語るために、他ならぬ「琉球」の歴史と現在が抹消されていくという倒錯がここにはある。「研究対象である諸集団を、とくに時間（大概の場合は、過去か、過ぎ去りつつある時間）のなかに置いて、自分たちの世界との距離を保ち、実際には民俗学者も研究対象の人々も巻き込んでいる現在の世界システムにその人々だけがあたかも含まれていないかのように説明する」（ジェイムズ・クリフォード「序論―部分的真実」『文化を書く』春日直樹他訳、紀伊國屋書店、一九九六年刊）ような叙述の権力行使の痕跡がここにも見出されるのでなくてはなるまい。つまり、「沖縄の人々の本音」を聞き糾す問いに応答しようとする沖縄の人々自身の言説そのものが、地政学的かつ人類学的な知の領域を立ち上げながら、そこから政治＝文化的ヘゲモニー抗争の痕跡たる沖縄の歴史的記憶を剥奪していこうとするのである。

こうした「沖縄の人々の本音」が、先の「改めて知った。やはり琉球の文化は奥が深い。しかも日本の原点ではないかと。これからも、琉球がよいは続きそうだ。今の日本の源郷を知るためにも」と語る編集者（亮）氏の編集の意図と見事に呼応し合っているのは見やすい。つまり、ここでは、編集者の尋問とそれに呼応する「現地人」たちの供述とは、予め同一の思考の枠組みを共有しているのであり、翻って言えば、そうした「沖縄＝琉球」をめぐる認識論的地平の確保のためにこそ、「沖縄の人々の本音」という非歴史化されたフィクションが捏造されているといった方がより実情に近いのかもしれない。

となれば、「沖縄の人々の本音」を語り聴く共犯的枠組みの持つ政治的抑圧に抵抗するためにも、次のようなG・C・スピヴァクの指摘は幾度でも反芻されなければならないだろう。

ポスト・コロニアルのインフォーマントは、脱植民地をはたした国家そのものの内部で抑圧されているマイノリティについては、あまり語ろうとはしない。語るとすればせいぜい、資格十分な研究者という立場からである。だがそれら外国の被抑圧者との同一性というアウラが、これらのインフォーマントにはつきまとう。というのも、彼らは（またしても、せいぜいのところ）欧米在住のほかの人種的・民族的マイノリティとの同一性は認めているからだ。悪くすると彼らはそうしたアウラを利用して、知識の生産機構へのひそかな関与に汚染されていないネイティヴ・インフォーマントを演じてのける。かくてこのグループは闘いの基盤を掘り崩す――新しい第三世界を偽装することによって、また文化的・民族的特殊性と一貫性、さらには国民的アイデンティティを正当化する語りを紡ぎ出すことによって。

（G・C・スピヴァク『ポストコロニアル理性批判』上村忠男・本橋哲也訳、月曜社、二〇〇三年刊、五一六頁）

ここで厳しく批判されてる「知識の生産機構へのひそかな関与に汚染されていないネイティヴ・インフォーマントを演じてのける」ような欲望から、私自身もまた自由ではない。沖縄を語ることに付きまとうある種の「アウラ」の利用から自らの言葉を引き離そうとする最低限の節度だけは持ちたいと願ってはいるものの、それが可能かどうかすら分明ではない。というのも、私が沖縄を語るという行為そのものが、不可避的にそれを聞き届けようとする他者との政治的拮抗関係のなかにしかあり得ない以上、私の意図の如何に関わらず、私の「沖縄人としての本音」が、ネイティヴ・インフォーマントとして「新しい第三世界を偽装することによって、また文化的・民族的特殊性と一貫性、さらには国民的アイデンティティを正当化する語りを紡ぎ出す」危険を多分に孕んでいることは、否みようがないからである。ややもすれば、沖縄の本音を語り語らされることを通じて、「今の日本の源郷」などという恥知らずなファンタジー創出に動員させられる可能性もないではない。

そこで私たちは、「ポスト・コロニアルのインフォーマントは、脱植民地をはたした国家の内部で抑圧されてるマイノリティについては、あまり語ろうとはしない」というスピヴァクの指摘を、現在の沖縄という場に引きつけて読み返す必要があるだろう。「沖縄の人々の本音」が語り聞かれるという場から、いったい誰の声が奪われているのか。

たとえばゲイ・レズビアンをはじめとする性的マイノリティや精神病者といった非「健常者」たちの声は、いつ誰によって「沖縄の人々の本音」から排除されたのであったか。あるいはまた犯罪者や今やその予備軍として見なされつつある外国人たちの言葉は、なぜ「琉球文化圏」という文化装置のなかにおいてその片鱗すら見いだすことができないのか。もし今、沖縄という場において文化研究という学際的領域が夢想され得るのだとしたら、何よりも先んじて、こうした「文化圏」という宮殿から排除されている多くの他者たちの存在が意識化され問題化される必要があるだろう。しかもそうした作業が、それらの他者を今の「文化装置」のなかに引き入れその声を代弁するといった暴力によって代行されたりしては決してならないことは言うまでもない。むしろ、今なされるべきは、「文化」を語る言説編成そのものに対して根底から疑義を発していくことであり、そのうえで、期待された「ネイティヴ・インフォーマント」としての発話の位置から逸脱しながら、「ネイティヴ」をネイティヴ化していこうとする社会とそこに寄生している研究領域の囲い込みに対して持続的な政治的抵抗の拠点を作り上げていくことであるだろう。そのためには、「汚染されていないネイティヴ・インフォーマント」を見つけだし、これら現地人によって自らの文化主義的特殊性を語らせようとする言説の構図を、ネイティヴ化させられた「沖縄の人々」自身がその内側から突き崩していく以外に手だてはない。

3 沖縄アイデンティティを問い直すために

既にネイティヴ・インフォーマント化されている存在によって、「ネイティヴ・インフォーマント」を産出するような言説編成や知の領域化はいかにして解体していくことが可能だろうか。沖縄について語りながら、同時に、沖縄を語らせようとする誘導の力を脱構築していくような可能性をいかにして掴み取るできるだろうか。

おそらくこうしたこうした困難な問いに取り組もうとする試みが、僅かな人々によって、『琉球文化圏とは何か』という書物のなかにおいても仕掛けられていることは看過されてはならないだろう。たとえば、比嘉道子「歴史からみた出稼ぎ・移民――「勇飛」から「棄民」へ」、屋嘉比収「近代沖縄におけるマイノリティー認識の変遷」、与那嶺功「消費される沖縄イメージ」といった論考に、沖縄を語らされることへの柔軟な抵抗を見出すことができるのは救いでなければならない。しかし、ここでは、ある論者の言葉に注目してみたい。彼の沖縄のアイデンティティを模索する言葉には、「アイデンティティ」概念自体を再審し、それを現在の沖縄における政治的課題に連結させようとするしたたかな闘いを見出すことができるように思える。

自らを語る位置が常に揺らいできたことを思うとき、沖縄の人々がアイデンティティの拠り所を文化に見出したことは無理からぬことのようにも思える。しかし、それはまた他者のまなざしに自ら進んで同一化する回路を開くことにもつながりかねないことは昨今の沖縄の現状が示している。沖縄が沖縄であろうとする、それ自体は真摯な願いが能天気に明るい均質な風景の中で拡散していく。（田仲康博「風景の誘惑――文化装置としての「南島」イメージ」）

ここにおける田仲康博の文章は、「琉球のアイデンティティー」の項目のなかに配置された論文の一節である。ここでの田仲の論述は、あるべき沖縄アイデンティティについて何事かを語っているかのようでもある。

しかし注意深く読むならば、彼は、アイデンティティを明言することをこそ拒み、「沖縄の人々の本音」を聞きたいという発問に対して、むしろ「本音＝アイデンティティ」の語りをめぐる権力関係の痕跡を露呈させようとしていることが理解されてくるだろう。文化的なカテゴリーとしての沖縄アイデンティティを語らされることを回避しつつ、逆に、そうした文化主義的認識の閉塞に抵抗しながら、沖縄アイデンティティを政治的な抗争のなかで再審しようとしているのが、ここでの田仲の言葉と見ることができるように思えるのだ。

田仲の文章は、特にその後半になって明らかになっていくように、9・11「テロ」事件のコンテクストのなかで沖縄を問い直す作業のなかにおいて、「沖縄の人々がアイデンティティの拠り所を文化に見出し」てきたそのプロセスを一見穏やかにしかし厳しく批判している。ここに見出されるべきは、沖縄の同一性＝アイデンティティから排除され忘却されていこうとする存在や現象に読み手の注意を向け直させようとするたくらみであり、そして自己同一的な起源としての「アイデンティティ」概念を解体させていこうとする試みであるはずである。むしろ田仲は、沖縄をめぐるアイデンティティが、社会政治的実践としてしかあり得ず、他者との交渉によって絶えず更新され流動化していく可変体であることを私たちに教えてくれていると言えるだろう。

「たいじょうぶさぁ沖縄」などという背筋も凍るようなおぞましい言辞を流通させつつ、拳銃を装備した多くの日本の警察隊が米軍基地を守備しながら「沖縄の人々」に対峙してこれを威嚇するような状況の生起する9・11以後のこの沖縄で、「沖縄の人々の本音」なるものが果たして誰によって語られ得るだろうか。あるいは、海によって世界に繋がりそしてアジアに開かれた輝かしい歴史を持つとかいったいい加減な虚言を宣いながら、その実、対中国・対北朝鮮の脅威を煽るような軍事的言説編成によって排外的な圧力を高めていくようなこの沖縄で、真に多文化的な共生を視野に収めた新しいアイデンティティをいかにして構築し語ることができるだろうか。

むろんこうした問い自体が多くの困難を孕んでいることは確かである。しかしこうした問いは、早急な答えを求めてはいない。そもそも即効的な答えなどあるわけがないのであって、大切なのは簡潔な答えより持続的な思考のプロセスであるはずである。むしろ今求められているのは、「沖縄の人々」自身が基地問題や経済問題についてイニシアチブを発揮して自ら代案やグランドデザインを提示するべきだなどといった、勇ましくも実は不安にとらわれた言挙げを無視し続ける知性と言うべきだろう。なぜなら、沖縄アイデンティティにしても沖縄問題にしても、原則的に言えば、それらは沖縄の人々の問題ではないからである。そこで必要とされてくるのは、「沖縄アイデンティティ」を根底から刷新していくための批判的思考にほかならない。そして、そうした思考の契機を得るために何度でも立ち返るべき拠り所として、些か唐突かもしれないが、いわゆる「パレスチナ問題」がパレスチナ人の問題ではなく、それが徹頭徹尾イスラエル―アメリカの問題であることを明らかにしそして発言しつづけた故エドワード・W・サイードの言葉をここに想起したいと思う。

アイデンティティは、それ自身だけでは、思考されえない、あるいは作動しえないのです。すなわちアイデンティティは、根源的に起源的な断絶あるいは抑圧されることのない瑕疵をともなうことなく、みずからを構成したりあるいは想起したりすることができないのです。というのも、モーセはエジプト人であり、したがって彼は、そのアイデンティティの内部でティが傷つき、そしてついには、かかるアイデンティティという内部を創りあげた当の本人であるにもかかわらず、おそらくは、彼に対する凱歌の声さえ挙げたであろうこのアイデンティティの外部に、かかるアイデンティティの内部としてつねに立ち尽くしているからです。

（エドワード・W・サイード『フロイトと非―ヨーロッパ人』長原豊訳、平凡社、二〇〇三年刊、七二頁）

ユダヤ人の開祖と言うべきモーセがエジプト人という「他所者」であったことを引き裂かれつつ明言するユダヤ人フロイトの晩年の『モーセと一神教』の言葉を、「アイデンティティ」概念への根本的な疑義として読み込もうとするここでのサイードの思索に学ぶべきは、私たちが沖縄アイデンティティと呼ぶもののうちに、「根源的に起源的な断絶あるいは抑圧」が隠されていることを再発見し、そのうえで、自らの「アイデンティティ」の外部と内部の反転する力学を今捉え直すこと以外ではないだろう。「沖縄の人々の本音」という同一性＝アイデンティティが、今、誰によって必要とされているのか。本来「そのアイデンティティの内部で夥しいまでに数多くの事どもがそうしたアイデンティティに抗い、その結果、アイデンティティが傷つき、そしてついには、かかるアイデンティティという内部を創りあげた」結果として見出されてきたはずの沖縄のアイデンティティが、今、誰によって、誰に向けてどのようにして語られようとしているのか。そのことが問われない限り、私たちは、「琉球の文化は奥が深い。しかも日本の原点ではないか」といった言葉によって、沖縄アイデンティティの外部に、それこそ沖縄アイデンティティの内部として、まるで生ける象徴《しかばね》でもあるかのごとく立ち尽くすほかなくなるのではないか。

ここで、「沖縄人」の一人一人の身体に本来的に宿っているかの如く語られる沖縄アイデンティティという「内部」が、その実、それを都合良い文化的差異性という参照枠にして、自らを日本という同一性に同定しようとする外部（者）によってこそ捏造されているかもしれないということが想起されなければならないだろう。つまるところ、「沖縄アイデンティティ」は、「多文化日本」における内部化された外部として商標登録され、消費経済システムや政治統治システムの内部において消費されるイメージとなってしまっているのかもしれず、極端な話、沖縄アイデンティティという内部性は、常にそしてあらかじめ、日本をはじめとする沖縄の外部によって他有化されていると考える必要があるようにすら思えるのである。

そのような「文化」状況のなか、沖縄の起源に回帰するといった妄想を退けつつ、今、「文化」の名の下に繰り広げられている沖縄の動員に抗い続けるほかにどんな手だてがあるだろうか。もし今、沖縄において文化研究という領域が召還されるとするならば、それは、いささかも沖縄文化の研究として求められているのではないはずである。そうではなく、文化を語ることによって隠蔽されていく社会政治的抑圧をいかにして明るみのもとに引き出してくることが可能か、そのことが問われている。非歴史化された沖縄アイデンティティ産出の反動性に抵抗しながら、生起し抗争しつつあるものとしての沖縄の人々の生を、歴史的現在として自らのうちに発見していく作業こそがいま求められているのではないか。

第三部

元「従軍慰安婦」問題と戦後沖縄文学

奪われた声の行方

「従軍慰安婦」から七〇年代沖縄文学を読み返す

1　ペ・ポンギさん

――この国から出ていけ、朝鮮に帰れ――

二〇〇二年九月の日朝首脳会談の後、こうした言葉によって多くの在日朝鮮の人々が脅迫されている。いわゆる「拉致問題」によってファナティックな沸き返りを見せているこの国においては、強制連行という日本国家による拉致など、過ぎ去った事件として忘却してしまってかまわないかのような異常な日常が私たちを包囲し、そして、あらゆる在日の人間は、恐喝にさらされ続けている。

しかし、この手の恐喝は、一部の卑劣な人間が、今、言い始めたというのではない。たとえば、この国は、国の名において、既に四半世紀以上も前に「沖縄本島南部の島尻郡佐敷町の砂糖キビ畑に囲まれた二畳の小屋に住み、生活保護を受けていた」[1]ひとりのハルモニに、「不法滞在」を理由に強制送還を命じようとしていた。事件について当時の沖縄の新聞は小さくこう報じている。

太平洋戦争末期に、沖縄へ「慰安婦」として連行され、終戦後は不法滞在者の形でヒッソリと身を潜めるように暮らしてきた韓国出身の年老いた女性が、このほど那覇入国管理事務所の特別な配慮で三十年ぶりに「自由」を手にした。当時は「日本人」でも、いまは「外国人」。旅券もビザもないため、強制送還の対象になるところだったが「不幸な過去」が考慮され、韓国政府の了解を得たうえ、法務省はこのほど特別滞在許可を与えた。（中略）この女性は韓国清忠南道礼山郡の出身の裴奉寄（ペ・ポンギ）さん（六一）。戦地では「アキコ」と呼ばれ、戦後は別の日本名を名乗って沖縄の料亭やバーを転々、今は宜野湾市内の飲食店で働いている。

（『沖縄タイムス』一九七五年一〇月二二日）

この時、「特別滞在許可」を得るためにペ・ポンギさんが自らの「不幸な過去」を語ったというその出来事こそが、日本において当事者が「従軍慰安婦」として自らの過去を公的に明らかにした初めての例となった事は、決して忘れられてはならない。

元「従軍慰安婦」であったキム・ハクスンさんたち当事者が、謝罪と補償を求めて日本政府を訴えたことによって永く記憶されるべき一九九一年というその年に、那覇市内のアパートでひっそりと亡くなっていたペ・ポンギさんが、「従軍慰安婦」であった自らの過去を語ったのは（語らされたのは）、一九七五年一〇月のこと。自らを強制連行し、人間としての尊厳を根底から奪い「慰安婦」として従軍させた日本という国に、「特別滞在許可」を願い出るために、ペ・

ポンギさんが、ほかならぬ沖縄という土地で、一九七五年という極めて早い時期に、自らの過去を明らかにしたことを、偶然と言うべきではない。

ベトナム戦争激化をへて、国家への帰属を糺そうとする脅迫が、「日本復帰」という現実となって沖縄に生きる全ての人を飲み込んでいった一九七〇年代半ば、国家の間で宙づりになりその存在さえ全く忘却されていたペ・ポンギさんによって、「従軍慰安婦」の記憶が語られはじめた時、国家に帰属するという統治的な観念そのものに対して、根源的な問いが投げかけられたのであったはずだ。「鉄の暴風」と呼ばれた凄惨な地上戦を経て、焼失した戸籍を「本人申告」によって再製した戦後沖縄社会において、名のるどころか自らの過去に怯えながらあらゆる意味での「帰属」を拒みそして拒まれて生きて来ざるを得なかったペ・ポンギさんに、「従軍慰安婦」としての過去を語らせたのは、皮肉にも、沖縄の「日本復帰」という政治力学だったのである。

特に在日朝鮮人に対する差別の顕在化となった七〇年代前半の「出入国管理」「外国人登録」に関する法的規制強化の波[2]が「日本復帰」後の沖縄にも押し寄せてくる動きのなかで、堅く閉ざしていた口をこじ開けられるようにして「申告」を強いられたのがペ・ポンギさんだったのであり、そして、日本に組み入れられた沖縄からの「強制退去」を逃れるためペ・ポンギさんが自らの過去を「申告」した時、国にとって忘却の闇に沈められていなければなかったはずの「従軍慰安婦」の記憶が、まるで亡霊のように蘇ってきたのであったはずだ。その意味で、米軍統治を経て「復帰」を迎えた直後の沖縄においてペ・ポンギさんによって「従軍慰安婦」という過去が語られたという出来事には、アメリカ―日本―沖縄そして朝鮮半島を貫く帝国主義のまさに「垂直に折り重なる暴力」[3]（駒込武）が作動していたと言うべきであろう。

たとえば、ペ・ポンギさんが「従軍慰安婦」としての過去を語ったその直後といっていい一九七六年一月に刊行され、一九九〇年以後の「従軍慰安婦」議論のさきがけともなった金一勉『天皇の軍隊と朝鮮人慰安婦』（三一書房刊）の「第X章」では、次のような指摘がなされていた。「もともと日本国内の軍隊には「慰安所」は絶対にあり得ないはずだった。そんなものが軍隊にあるはずがない、と国民は思っていた。ところが、日本国内にあたる沖縄に、海外の基地なみの慰安所が配置されていたのだ。ということは沖縄県を〝準外地〟に扱っていた証左でもある」と。日本国内にはあり得ないはずの「慰安所」[4]が、沖縄においては「海外の基地なみ」にあったことについては、現在では、浦崎成子らによる研究[5]の積み重ねによって、戦時中少なくとも一三〇箇所以上存在していたことが明らかにされているのだが、そのことが教えてくれるのは、日本軍にとって「準外地」（金）であり「占領地」（浦崎）であった戦場の沖縄（周辺離島と宮古・八重山諸島を含む）とは、島全体そのものが巨大な「レイプ・センター　Rape Center」であったということに他ならない。しかも、看過されてならないのは、こうした戦時性暴力システムそのものが、沖縄戦が終わってなお、米軍占領時代から現在に至るまでの沖縄を日常的に戦場化しているにもかかわらず、沖縄が「レイプ・センター」であり続けていることが不可視化されようとしていることであって、さらに言えば、沖縄において発動し続けている性暴力システムそのものに、人種や民族にまつわる更なる〈差別〉の痕跡が刻まれていることが意識化されにくいということである。

その意味で、ペ・ポンギさんの一九七五年の「従軍慰安婦」であったことの「申告」は、癒えることない沖縄戦の傷跡に、「性」と「民族」に対する蹂躙という植民地主義暴力が深く刻まれている事を明らかにした点において、「日本復帰」した沖縄の戦後状況に対する最も鋭い問いとなったと言えるだろう。事実、先に引用した新聞記事には、その問いかけを受けとめようとして混乱に陥っている沖縄（人）のすがたを読みとることが出来る。

沖縄戦へ強制連行された韓国人の証言が、直接得られたのは初めてだ。（中略）沖縄への朝鮮人連行については、「沖縄朝鮮人強制連行虐殺真相調査団」（団長、尾崎陞・前日弁連人権擁護委員長）が四十七年八月に調査した。その数は「軍夫」「慰安婦」を含め一万人とも三千人ともいわれるが、何人生き残ったかはいまだにはっきりしない。

（『沖縄タイムス』一九七五年一〇月二二日）

ここで、戦後三十年という時間を経て、「初めて」（というのは正確ではないが）沖縄戦に強制連行された当事者の証言が直接得られたとき、戦後、営々として収集され記録されてきた住民証言による沖縄戦記のなかで、「朝鮮人慰安婦」や「朝鮮人軍夫」の存在が抜け落ちていたことが照らし返されている。記事の中の「一万人とも三千人ともいわれる」という恐ろしいまでの曖昧な表現が含意しているのは、沖縄戦の記録のなかにおいて、強制連行されてきてこの島で酷使され死んでいった多くの「朝鮮人」のことが空白となっていたということであり、皇国日本の植民地沖縄において、更なる植民地主義暴力が多くの「朝鮮人」に発動されていたという、そのことなのである。強制連行されてきていた「朝鮮人」を見た沖縄の人々がいなかったというのでは、全くない。見ていたし、知っていたし、ともに戦場を彷徨いもしたのである。しかし、それを語り記憶し記録することに自覚的でなかった、そのことを、右の新聞報道は直截に伝えている。

では、ペ・ポンギさんの証言がなされるまで、沖縄においては、朝鮮半島から強制連行されてきた「慰安婦」や「軍夫」の人々のことは、完全に「忘却の穴」（ハンナ・アーレント）に陥ってしまっていたのだろうか。実は、そうではない。強制連行によって沖縄に「拉致」されてきた朝鮮の人々に関わる記憶が、それこそ噴出するように公の場で語られ始めた時期が確かにあるのだが、その重要な時こそ、右の新聞記事でもふれられている「第二次大戦沖縄朝鮮人強制連行虐殺真相調査委員会」が沖縄を訪れた一九七二年八月なのである。いうまでもなく、沖縄の「日本復帰」（同年五月一五日）直後のことであり、そして、ベトナム戦争泥沼化のなか沖縄が前線化していく軍事状況のさなかのことである。日本という国家に再統合され、同時に、ベトナム戦争前線として米軍のアジア侵攻の拠点とされていく沖縄において、強制連行されてきた朝鮮の人々の記憶が語られ始めたのは、決して偶然ではない。ベトナム戦争拡大という時代のなかで、自らの加担する戦争責任の現在と過去を問い直す契機となって、「慰安婦」と「強制連行朝鮮人」に関わる記憶の語り直しが沖縄で始められたのであった。

2　「目の前を過ぎ去っていった人々」？

一九七二年八月二二日『沖縄タイムス』は、先の「第二次大戦沖縄朝鮮人強制連行・虐殺真相調査団」の調査を紹介しつつ、「〝もう一つ沖縄戦〟の実体」という大きな特集を組んでいるのだが、その特集は次のような言葉で語り始められている。

〝朝鮮人軍夫〟〝朝鮮慰安婦〟――米軍と日本軍がし烈な戦闘を繰り返すなかで、住民の目の前を通り過ぎていった人々だ。武器を持たず階級章もない軍服を着こみ、ただ黙々と軍船の並ぶ港の荷物作業や陣地構築、戦乱の中での弾運びを強制されていた軍夫、日本軍に影のように付き添う慰安婦たちの群れ。人びとは、戦闘の終息とともにフッとかき消されるように姿を消していった。

「戦闘の終息とともにフッとかき消されるように消えていった」のは、「朝鮮人軍夫」や「朝鮮慰安婦」の人々であったのではあるまい。その人々に関する記憶こそが、「戦闘の終息とともにフッとかき消されるように消えていった」と言うべきであろう。同じ紙面ににおいて、当時、沖縄県史料編集所所長であった作家・大城立裕は次のように語っている。

県史の戦争記録編纂の話し合いでも〝朝鮮人軍夫〟のことは議題に出なかった。戦争証言を集めているなかでも住民から話されたことはなかったようだ。われわれ沖縄人全体が意識的にではないが、何のつっかかりもないまま、こと朝鮮人に対しての〝意識の欠落〟があることこそ今一度考えなければならない。

ここでの大城の言葉のなかに見出せる「県史の戦争記録編纂」こそが、一九七一年六月に刊行された『沖縄県史第9巻　沖縄戦記録1』（琉球政府立「沖縄史料編集所」刊）であって、これは沖縄戦記録のいわば「正典」とも言うべき記録である。「沖縄人全体」の戦争体験の膨大な証言を収集していくという沖縄戦記録の「正典」作りの過程の中で、「朝鮮人」のことが欠落していたことを率直に認め、そこに「自己告発」の契機を見出そうとしている大城立裕の言葉は注目されていいだろう。「県史」を編纂していく過程のなかで、目前に迫る「復帰」の意味を問いつつ「われわれ沖縄人」という意識が形づくられていったという事情をも想起するならば(6)、その過程のさなか、歴史認識のなかで空白となっていた「他者」の存在との直面に、当の「沖縄人」を促し、歴史認識の閉塞を破る契機となって、強制連行朝鮮人・慰安婦の記憶が蘇ってきた、と、そう言えるかもしれない。

事実、『沖縄県史第9巻　沖縄戦記録1』から三年後「日本復帰」を経てのち刊行された『沖縄県史第10巻　沖縄戦記録2』（沖縄県教育委員会沖縄史料編集所、一九七四年三月刊）のなかには、「従軍慰安婦」「強制連行朝鮮人」に関する記述が何カ所も見出せるという変化が認められる。しかもこうした歴史認識・歴史記述の変容において重要なのは、戦争に加担させられきた「沖縄人」の「国民」化＝「臣民」化に対する反省として、「強制連行朝鮮人」「慰安婦」問題が意識化されているということであって、そこでは、沖縄戦の記憶のなかに「強制連行朝鮮人」「慰安婦」の人々の存在を刻み加えていく行為のなかに、直接的に、ベトナム戦争に組み込まれていく沖縄の切迫した状況が折り重ねられているのである。「アジアとの連帯ということがよくいわれる。アジアとの連感とは一体なにを称していうのか。現に沖縄の基地が、存続していること自体、それはアジアの連帯に逆らうことであり、沖縄の基地が現にベトナム戦争とつながっている事実は、果たして連帯感を損なわないと言えるかどうか。沖縄人自身が、アジアとの連帯を思う時、朝鮮人のからむ沖縄戦の部分を不明確にしてはおけないのである」（「社説　沖縄戦と朝鮮人の問題」一九七二年九月六日付『沖縄タイムス』）といった言葉が明らかにするのは、七〇年代沖縄において「沖縄戦と朝鮮人の問題」が語られる時には、明らかにベトナム、朝鮮半島、そしてカンボジア、インドネシアといったアジア全体に波及していく戦争の光景が沖縄の「現状」と重ねられているということなのである。

こうした状況認識と戦争責任意識とが相俟っていくなかで、沖縄における「強制連行朝鮮人」「慰安婦」の問題は、特に、「戦記」という領域のなかで大きな問い返しとなったことは理解されてくるのだが、しかし、そこで、戦時性暴力システムのなかに、ジェンダーに関わる差別と分断が権力的に構造化されていることが、特に「慰安婦」問題との関連のなかで明確に意識されていたかと言えば、それは残念ながら認めがたい。と言うより、「慰安婦」に関する自覚化と反省も、〈沖縄人の戦争責任〉という歴史認識のための動力とされた感がなくさえない、というのが正直なところである。

正しい歴史認識を「沖縄人」が把握するために、「強制連行朝鮮人」や「慰安婦」に関する「証言」が集められ「調査」されるという過程自体のなかに、〈沖縄人の歴史〉創出にまつわる抑圧の危うさがあったかも知れず、また同時に、当の問題を「朝鮮人問題」という形で他「民族」化することにのみ目が向けられ、そこに厳然として存在する性暴力の問題が隠蔽され、ホモソーシャルな「アジアの連帯」という結束感のみが強化されていくような危うさがあったかも知れないのである。「アジアとの連帯」という脱植民地闘争の重要性がますます切実なものとなっていくベトナム戦争激化の状況のなかで、しかし、「アジアの連帯」からこぼれ落ちていくような、声をあげられないでいる元「慰安婦」の存在は、沖縄においてですら、必ずしも十分に意識され得ていたとは言えない。

そうした一九七〇年代の沖縄の状況下、その存在を忘却していることさえ忘却されていた「慰安婦」を意識化しようとしていたのは、証言からなる沖縄戦記録であったというより、やはり、客観的「証言」とはなり得なかった「戦記」以外の記述（語り）であったと言うべきだろう。「沖縄人」主体意識の創出にこそその企図があったとさえ見える「戦記」記述の外部にあって、そうした「主体」形成に回収され得ない人々の生を、「性」や「民族」の視座から問うていった重要な実践として、ここでは、『わんがうまりあ沖縄　富村順一獄中日記』（拓殖書房、一九七二年五月一五日発行）という今や忘れ去られた観すらある特異なテクストと、七〇年代の終わりとなって鮮烈に提示された又吉栄喜の小説『ギンネム屋敷』（一九八〇年）を読みとどけて、七〇年代沖縄文学における「朝鮮人慰安婦」表象の問題に近づいてみたい。

3　富村順一という方法

ここで富村順一について語ろうとする時、やはり若干の説明が必要だろう。

一九七〇年七月八日、東京タワー特別展望台において、包丁をかざしアメリカ人宣教師を人質として立て籠もった犯人・富村順一について、当時の報道は、「東京タワーの刃物男」「沖縄男、牛刀を手に東京タワーで騒ぐ」「過激派か？　狂人か？」などと書き立てているのだが、

「朝鮮人と二〇才以下の者はおろす」として、「日本人よ君たちは沖縄のことに口を出すな」と書き殴ったシャツを纏って犯行に及んだ富村順一の言動に、「狂人」めいた乱調が溢れているというう事に関しては事件直後からくり返し語られている。「天皇をはじめとする日本の悪党たちは、死刑でも首を絞め殺しては不適当です。日本軍に沖縄人や朝鮮人がされたことと同じように殺すべきです。検事・判事も勇気を出して天皇を裁いてください。そのときに死刑の執行人は、ぜひこのわたしにお願いいたします。戦時中、多くの朝鮮の女性達が看護婦として沖縄にきて無理矢理売春婦にされた朝鮮女性をわたしは目撃してきました。ゆえに、天皇の娘である島津貴子や皇太子の妻美智子も皇后も、天皇や皇太子の目の前で米軍に強姦させてみたいと思っています。そのようにさせないとわれわれ沖縄人民の気持ちは、天皇にはわかるまい」（一九七一年一一月五日、東京地方裁判所第九回公判陳述）といったそれ自体が度し難い性差別を含んだ言葉が、「常軌を逸した」ものであり、「本土のわたくしたちの大多数の意識を飛び越えて」（「読者のみなさんへ」）いるといった認識は、当の富村を支援しその公判中の言葉を記録した「富村順一公判対策委員会」においても共有されていた。

にもかかわらず、「富村順一公判対策委員会」なる組織が、富村順一の獄中手記を編纂しそして公判陳述を記録し、『わんがうまりあ沖縄　富村順一獄中手記』を公刊したのは、その書の冒頭に掲げられた「読者のみなさんへ」のなかに書かれている通り、「この手記は富村さんの訴えをひとりでも多くのひとびとに知ってもらおう、富村さんの手記を通じて沖縄のこころをひとりでも多くのひとに知ってもらおう、そうすることが富村裁判をまがりなりにもささえてきたわたくしたちに課せられた任務なのだ」という、どうにも熱い使命感に駆られてのことだということは伝わってくる。そこには、富村の犯行や言動を「沖縄人民の闘争であり、ベトナム、インドシナ三国人民の革命戦争と連帯する闘争であり、南部朝鮮人民の闘争と結ぶもの」として見ようとする支援組織の思惑があったことは確かだし、さらに言えば、「富村さんを〝精神鑑定〟にかけて、〝精神異常〟者による犯行としてきめつけようとしてきた」「本土の裁判所と検察庁」に対する告発の姿勢があったことは間違いないことでもあるだろう。

しかし、富村順一の言動を「沖縄人民の闘争」という枠内に回収することはそれ自体が、富村の言説の持つ「狂気」の豊かな広がりを矮小化してしまいかねない危うさを持っていたとは言えまいか。語弊を怖れずに言えば、「沖縄のこころ」なるイリュージョンへの全体的な同一化を果たそうとする富村支援の論理のなかに、「沖縄人民」以外の人々へ横すべりしていく富村の言葉の感染力や「精神異常者」たらんとする意志の発現を統制し、富村を「沖縄人民闘争」の象徴として神話化していこうとする危うさがあったのではないか、と、そうあやしまれるのである。たとえば、次のような「獄中手記」の一節の批判は、「沖縄人民」のなかから発せられてそして「沖縄人民」を撃つものでもあったはずだ。――「朝鮮人をなぜタワーからすぐおろしたのかの件につき、我々沖縄人もヤマトンチュと朝鮮人区別し又差別していませんか。小生はその差別につき口や文書により書きあらわす事はでき無いと思いますが、なぜ我々沖縄人は朝鮮人のことをチョセナとよぶのか、又、台湾人をタイワナとよぶのか考えてみるのが大事と思います。」――

大切なのは、飛躍する富村の論理を整序化することではない。富村の言葉における飛躍を、「沖縄のこころ」といった秩序に回収することなく、また、「本土のわたくしたちの大多数の意識」などといった怪しげなカウンターと対峙させるのでもなく、ただに、飛躍する論理のまま辿ることこそ大切であって、そこで必要なのは、迷走する富村の論理が発見していく、他者の間の分裂的な統合のあり方に目を向けることであるだろう。

『わんがうまりあ沖縄　富村順一獄中手記』というテクストを読んでいて、それこそ眩暈のような感覚に囚われてしまうのは、小学校も卒業していなくて、文字はおろか文章らしい文章を書けない富村の言葉に明瞭な論理が欠けているから、というのではない。むしろ、羅列されている事柄の接合の歪なあり方においてこそ、富村の言葉は異様な強度を持っていると言うべきである。

特に、ここで注目したいのは、富村が、「手記」や「公判陳述」で繰り返し、「朝鮮人慰安婦」「売春婦」について語っているということなのだが、「沖縄闘争」が見落としていったこれら多くの人々について、ほとんど脈絡無く言及していく富村の言葉は、「性」と「民族」に加えられた暴力へのほとんど身体的な反応というかたちとなって、熾烈な裁き求めている。たとえば、先にも引用した「第九回公判陳述」において語られていた天皇・皇族に対する「人民裁判」と「強姦」に関して、富村は「手記」のなかでも何度も繰り返し叙述（口述）を試みているのだが、その陰惨な光景を語るに当たって、繰り返し「朝鮮人慰安婦」たちとの重層において語り直していることは看過されてはならないだろう。富村のなかで、「沖縄にきて無理矢理売春婦にさせられた朝鮮女性」たちに対する犯罪者たる点において、「天皇」や「皇族」、「佐藤首相」や「君たち日本人」は一切の留保なく同罪なのであり、そして「私が天皇や政府に対し、希望し訴えたいのは君達も人間で有で」（七一年二月二一日付「手記」）という意識のなかで、「朝鮮人慰安婦」

の人々と同じように「君たち日本人」もそして「沖縄人民」も、「人間」であることを等しく迫られているのである。

加えて重要なのは、そうした自らの想念を、「夢」という想起の形式と「狂気」の可能性との関わりにおいて言語化していく富村の記述の方法である。たとえば、一九七一年七月九日付の「手記」においては、例によって、天皇に対する裁判に関する「夢」が記述されているのだが、そこで富村は「殺す方法についてては、沖縄の久米島での日本軍の鹿山隊長が沖縄人や朝鮮フザン出身の「タニさん」一家七人の様に殺す事に私の意見が皆に認められ」(7)るといった空想を記述した後、次のような言葉を書き加えている。——「もしそのようなことを考える人間は狂人である時は、私は間違いなく狂人であると思う。」——

ここで問われるべきは、富村が「狂人」であったかなかったか、ということではむろんない。むしろ、「夢」や「狂気」という形式の獲得において、妄想と現実の懸隔をまたぎ越え、その対立する領域を癒合させていこうとする富村記述の方法こそ重要なのであり、この記述の方法においてこそ、富村は、「慰安婦」や「朝鮮人軍夫」といった歴史のなかで不可視化されてきた「他者」と出会うことに自らを開き、そして、「慰安婦」問題を「人間」に対する犯罪として明確に開示しているのである。そうしたことを考えていくうえで、次のような記述は、決して見過ごされてはならないだろう。

戦後、沖縄県内の刑務所から出所して母の家に行って「ニンニク」を食べた事を想起のきっかけとして、「花子」という「パンパン町」の女性との交際を思いだす富村は、そこで、その「花子」という他者の語る「わからないことば」にひたむきに聞きいっている。

全ぶずんびはおわりますと、花子は手をあらい、ふところから二枚の写真をとりだし、ミズヤタンス上に写真をなだべて、お酒をひとつのコオプにつぎ、ニンニクとみそをまぜたものを、サラに入れ、写真の前におきまして、なきながら、私のわからないことばで、なにやら言いながら泣いて居りました。（略）花子は私に、今夜はあなたをとめてあげるから、と言て居りました。酒がまわり花子は、泣きながら私は日本人でない朝鮮ピイなんだと言て居りました。（略）朝になりますと、花子はよいもさめ、人に私が朝鮮人と言てくれるなと、たのんで居りました。花子は朝鮮人といわでるのを、なによりもこわいと言て居りました。その後は、私は、よく花子のところにいきましたが、お金はいだないから、だれにも私を朝鮮といわないでくでと、何度も言ておりました。花子は自分が朝鮮人で有る事を、ひぞうに、ひがんで居りました。／タワーから朝鮮人をすぐおろしたのは、花子の事もあります。

（「獄中手記」一九七一年一月四日付）

出所を祝う母の手作りの「スキヤキ」に入っていた「ニンニク」の匂いが「花子」との出会いの想起のきっかけなり、その「花子」が語る「慰安婦」としての過去を知ったことによって、自らの「東京タワージャック事件」において「朝鮮人」を人質から外した理由を明らかにしようとする富村の論理にあるのは、脈絡のない無秩序な事象や存在を一つの必然として接合させ繋ぎ留めていくような「狂気」の倫理であるに違いない。ここにおいては、日常を自動化し慣習化していく言葉の整序性は失われている。

しかし、ここで富村は、「常軌を逸した」とも見えるみずからの言葉をして、「花子」が泣いて語っている「私の分からない言葉」につなぎとめようとしているとは言えないだろうか。歴史記述が決して聞き届けることのなかった「花子」の言葉、その不在の言葉を聞き取り、自らの言葉のなかに息づかせようとする富村の言葉の語り直しによって、「従軍慰安婦」とされた人々の声は細い回路を通じて読み手の側に唐突に届けられたのではなかったか。「君たち日本人は！」と呼びかける富村の言葉に曝された時、私たちは、「従軍慰安婦」の人々が生きてきた痕跡さえも消去してきた自らの歴史の自明性を奪われなければならないだろう。

奪われた言葉、聞き届けられることのなかった声、そうした「不在の言葉」を聞き届けようとする姿勢において、富村の言葉は、七〇年代沖縄の歴史叙述が掬い取ることのできなかった歴史の他者たる「従軍慰安婦」の人々に寄り添う可能性を開示していると考えることもできるかも知れない。

4 又吉栄喜「ギンネム屋敷」へ

『わんがうまりあ沖縄　富村順一獄中手記』から七年を経て七〇年代も終わりを迎えて、朝鮮人「従軍慰安婦」の人々の奪われた声を、奪われたままに蘇らそうとする重要な実践が、ようやく沖縄文学のなかで試みられた。又吉栄喜「ギンネム屋敷」（『すばる』一九八〇年十二月号、第四回すばる文学賞）がそうなのだが、この小説のなかで、ひとりの「朝鮮人」が、憑かれたようにやはり「わけのわからん」言葉で、自らあやめた恋人「小莉」のことを語っている。

強制連行されてきて、飛行場建設の強制労働をさせられていた「朝鮮人」と、やはり連行され「慰安婦」をさせられていた「小莉」は戦時下の沖縄で出会う。戦後、米軍エンジニアとして生きてきた「朝鮮人」は、やっとの思いで、売春婦として廃人同様に生きていた「小莉」を引き取ったのだが、「小莉」はその「朝鮮人」から逃れようと泣き叫び、そして「朝鮮人」は発作的にその「小莉」の首を締め上げ殺してしまう。その殺害のときのことを、「朝鮮人」は、自らに「沖縄人の売春婦で知恵遅れのヨシコー」をレイプしたという嫌疑をかけそれをネタに金をゆする「私」という「沖縄人」に告白するのだが、その時、「朝鮮人」は、狂気を孕んだ言葉によって、自ら殺した「小莉」という存在を手繰り寄せようとしている。

小莉はどうして変わってしまったのだろう。……今も信じられません。……いや、私の気が狂ったんでしょう。私は戦争で何一つ変わらないのですよ、変わらないのはおかしいでしょう？　生きていけないいんじゃないですか？　あ、死体は、あそこの竹藪の下、……土が少し盛りあがっているでしょう、わきからカンナがのびてきていますが……あそこに埋めてあるんですよ……あそこで殺されたのですから……。私は一晩中、小莉をこのじゅうたんに横たえていましたが、裸にする気はありませんでした。小莉が性病にかかって米兵にもすてられ、乞食のような沖縄人がいざり寄ってくる売春宿にうごめいて、いたからではありません。理由はわかりません。まだ見ぬ乳房も腐敗し、骨になり、土くれになるとわかっていても私は思いきれませんでした。

自らを強制連行してきた「日本」あるいは「沖縄人」に対して、「朝鮮人」が恨みをぶつけそして告発しているのではない。むしろ、この小説においては、「沖縄人の女」である「知恵遅れ」の「売春婦ヨシコー」が暴行されたという嫌疑をでっちあげる三人の「沖縄人」の男のほうが、「朝鮮人」から「賠償金」を巻き上げようと画策しているのであって、あげくの果て、なんの躊躇もみせることなく金を支払った「朝鮮人」は、自殺し、遺産を当の「沖縄人」に贈与するのであった。

人を殺し、金をゆすり、そして暴行する加害「主体」は常に重層化していき、暴行し殺害しあう男達の関係のねじれなかで、売春させられている女性たちは、完全に分断され暴力的に支配されていく。そこでは、「従軍慰安婦」として戦場を彷徨い、戦後は米兵相手や沖縄人の男達相手の売春婦となって、悲惨な日常を生きてそして殺されていった「小莉」の言葉と声は、完全に失われている。当の「朝鮮人」ですら、「私」に向かってこう語っていた。――「私は小莉を精液でめちゃくちゃにした男達に殺意が生じませんでした。誰を殺していいのかわかりませんから。日本兵、米兵、沖縄人、……朝鮮人の男は一人もいなかったに違いありません。」――

つまり、この「ギンネム屋敷」という小説は、レイプを描いた小説というだけではないのである。あえて語弊を怖れずに言えば、小説のただなかにおいて、「レイプ」が発動されているのであって、そこでは徹底して、女性たちは「慰安婦」化されている、と言うべきだろう。性奴隷化されているばかりではなく、「小莉」という「朝鮮人慰安婦」は、犯され、殺され、そして自らを語る言葉を、「日本兵」によって、「米兵」によって、「沖縄人」によって、そして「朝鮮人」によって、完全に奪われているのだ。その意味で、又吉栄喜「ギンネム屋敷」という小説は、戦中から米軍占領期にかけての沖縄における重層化されたレイプを描いた文学であるというばかりではなく、レイプされた女性自身の言葉をテクスト表象から完全に奪い去ってしまうという点において、文学によるレイプという事態を反復的に顕在化させてしまっているテクストであるとさえ言えるだろう。

だがそのとき重要なのは、まさにその性暴力の過程そのものを露呈させることによって、「慰安婦」化された女性達の奪われた言葉が、読み返されるべき「空白」＝痕跡となって浮上してくるという、この小説の逆説的な可能性である。つまり、表象の不在という混沌にテクストそのものを投企する暴力性において、逆に、「従軍慰安婦」の問題を、歴史の空白のなかから掴み出そうと試みている小説として、又吉栄喜の「ギンネム屋敷」という小説が読み返されてくるということである。それを読む者に、性暴力の痕跡を生き直させてしまうような転倒を孕む点において、又吉栄喜「ギンネム屋敷」は、「従軍慰安婦」問題が今なお継続し、そして性の収奪と蹂躙を、私たちが他者にふるい続けているかもしれぬことを想起させようとしていると言えるのではないか。

たとえば、「朝鮮人」から「小莉」の殺害に関わる告白を聞いた沖縄人の「私」は、犯す「私」そして殺す「私」という自らの内部に生きる「他者」と出会わざるを得なくなっている。

朝鮮人は私の目の色を読みとらなかっただろうか。私はかぶりをふった。自転車が揺れ、大きく蛇行した。朝鮮人は戦争の話をした。私は忘れようとしているのに……。朝鮮人の罪悪はこれだ。

ここでは戦争被害者たる「沖縄人」という安定した同一性が、「朝鮮人」の語る「戦争の話」によって崩されていく危機が語られている。ここで、「朝鮮人」は、「沖縄人」が「忘れようとしている」戦争の記憶の空白のなかに、拉致されてきた多くの「朝鮮人慰安婦」「朝鮮人軍夫」たちの存在が深く深く生き続けていることを、突きつけてくるのである。

事実、「朝鮮人」に嫌疑をかけ金をゆする行為のなかで、「あの朝鮮人に殺されるのではないだろうか……」と怯える「私」は、ある「声」の記憶に捕縛されていた。「中年の朝鮮人は泣きわめきながら、両手と両足を後ろからつかまえている四人の沖縄人の手をふりほどこうと暴れていた。朝鮮人の痩せた裸の胸を銃剣でゆっくりとさすっていた日本兵は急に薄笑いを消し、スパイ、と歯ぎしりをした。その直後に朝鮮人の胸深く銃剣は差し込まれ、心臓はえぐられた。私は固く目をつぶったが、あの機械の軋むような朝鮮人の声は今でも耳の底によみがえる」。殺されていく「朝鮮人の声」が「私」から、戦後という時間を奪い続けるように、また、もう一人の沖縄人「勇吉」にも、あの「朝鮮人」の「声」だけは届いていた。小説の最後、「朝鮮人」が「ヨシコー」を暴行したのを目撃したといっていた「勇吉」は、追い詰められた挙げ句こう語っていた。

ほんとは俺はあの男が恐かったよ。だから、すぐ逃げ出せるように家の中に入らなかったんだ。……あの男がわけのわからん朝鮮語でしきりにヨシコーに話かけているのを見て俺はぞっとしたよ。どうみても気違いの顔だった。……急に泣き出したかと思うと、ヨシコーの首に抱きついたりさ。首をしめてヨシコーを殺すのかと俺は思ったよ。地面に倒れたヨシコーがどこか打ったのか、悲鳴をあげたら、あの男はすぐ顔をあげたよ。長い間、両手で頭をかかえたこんだまま身動きしなかったが、やっとヨシコーをおこして、ごみを払いながら何度も頭をさげてあやまっていたよ。…あの男がみえなくなってから、実際にやったのは俺だが、だが、ヨシコーが抱きついてきたんだ、ほんとだよ。

「朝鮮人」が「知恵遅れのヨシコー」を「暴行」したという嘘を作り上げていく過程のなかで、その「朝鮮人」が「気違い」のようになって、「わけのわからん朝鮮語でしきりにヨシコーに話しかけていた」その声だけは、あらゆる翻訳や解釈を拒んで、この小説の中から、いくたびも、響き返ってくるだろう。忘却が完遂されたかに思えたとき、過去の淵から他者の声は不意に響き、応答を迫ってくる。「「他者」との出会いは、私の意図とは無関係に、つねに他者からやってくる。それはつねに、出来事として、しかも暴力的な出来事として生起せざるをえない。忘却していることも忘却しているその忘却を、そして、その暴力によって私が行使している暴力を思い出させるのだ」(8)(岡真理)とするならば、又吉栄喜「ギンネム屋敷」という小説を読むとは、まさに、その暴力的な出来事として、「朝鮮人」が叫んでいる「わけのわからん朝鮮語」に私たち読み手が打ちすえられることに他ならず、そして、読み手たる私たちが行使している「忘却」という暴力に自ら向き合うことの別ではないはずだ。植民地主義の暴力が重ねられている占領地沖縄の地で、誰にも聞き届けられることのなかった声があり、「慰安婦」とされて言葉を奪われていく女性たちがいる。そうした聞きどけられなかった他者の言葉に向きあうために、「朝鮮人」の語る言葉の孕む狂気を生き直すことを私たち読者もまた迫られている。

「私は生きていけないんじゃないですか？」と呟いた「朝鮮人」のなかで、言葉を奪われそして「沖縄人」の男たちの欲望に曝され性奴隷化されて生きている「知恵遅れの売春婦ヨシコー」は、その言葉の不在を介して、自ら殺めた「小莉」と重なりあったに違いない。「あの男がわけのわからん朝鮮語でしきりにヨシコーに話しかけているのを見て俺はぞっとしたよ。どうみても気違いの顔だった」と「勇吉」が感じ取ったその刹那、「朝鮮人」の中で、「小莉」を殺した次のような時の情景は、確かに生き直されていたはずである。

私がそっと肩に手をおくと、小莉は突然、立ち、逃げました。私は素足でかけおり、竹林の土手を這いあがろうとしていた小莉の上着の端をつかみました。すると小莉は濡れた土に足をすべらし、つかんでいた竹が大きくはね、私の目をしたたか打ちました。私は痛みをこらえましたが、涙があふれて、視界がぼやけ、肩をつかんだつもりが長い髪をひっぱっていました。私はそれをゆり動かし、一言いってくれ！　と哀願しました。小莉はつぶれたような悲鳴をあげ、振り返りざま、私の顔につばを吐きかけました。私は小莉をひきずりおろしました。両手に異常な力が出ました。小莉は全身の力を抜いて、私にもたれかかっていましたが、私は長い間、首を絞め続けていました。

「一言いってくれ！」と「哀願」しそして「長い髪をひっぱ」りまわす「朝鮮人」の姿が、「小莉」にとっていかなる暴力を思い返させたか、そして、「悲鳴」となりそして圧殺された「小莉」の声は、締めあげられた喉元でいかなる言葉となろうとしていたのだったか。

又吉栄喜「ギンネム屋敷」のなかにその明かな痕跡を見つけることはできない。しかし、「痕跡」さえ残せなかった「小莉」の存在は、この小説の中で幾たびも語られる言葉で言えばまさに「幽霊」という記憶の器となって、「慰安婦」とされた人々の閉ざされていった声をいつまでも想起させ、そして「慰安婦」とされた人々の生きられた時間のなかに、私たちを拉致していってくれようとしている。『わんがうまりあ沖縄　富村順一獄中手記』のなかの言葉が、私たちに「従軍慰安婦」の人々の奪われた声と記憶を突きつけてくるように、又吉栄喜の小説「ギンネム屋敷」もまた、奪われた声の行方を、私たち読み手に想起させないではおかない。

私たちが拉致し強制労働させそして強姦し殺害してきた人たちと、他ならぬ私たちが向きあい出会うための開かれの場として、『わんがうまりあ沖縄　富村順一獄中手記』という先駆的な言葉の闘いがあり、そして又吉栄喜の「ギンネム屋敷」という小説における「声」の呼び戻しがあったことが、今、想起されなければならない。一九七〇年代沖縄における「朝鮮人慰安婦」の人々に関わる記憶の語り直しは、「他者」との不意なる出会いへむけて、今なお、私たちを、〈私たちの歴史〉の外部へと連れ出していってくれようとしている。

註

（1）山谷哲夫『沖縄のハルモニ』（晩聲社、一九七九年一二月刊）。著者の山谷は一九七九年五月にドキュメント映画『沖縄のハルモニ　証言・従軍慰安婦』を完成させており、同書の他にも、「いま、真相を！　資料からたどる沖縄戦と朝鮮人慰安婦」（『青い海』第八六号、一九七九年八月刊）などがある。又吉栄喜『ギンネム屋敷』発表当時の沖縄における、「朝鮮人慰安婦」問題再提起として看過され得ない。また、ペ・ポンギさんに関する、すぐれたルポルタージュとして、川田文子『赤瓦の家――朝鮮からきた従軍慰安婦』（筑摩書房、一九八七年二月刊）があり、本論を書くに当たって多くの示唆を受けた。この他、沖縄と「慰安婦」問題に関連したものとして、『家永・教科書裁判第三次訴訟　地裁編第五巻　沖縄戦の実相』（ロング出版、一九九〇年一一月刊）、山田盟子『慰安婦たちの太平洋戦争　沖縄編』（光人社、一九九二年六月刊）を参照。また、沖縄女性と「慰安婦」問題の関連については、上原栄子『辻の華　戦後編上』（時事出版社、一九八九年四月刊）、船越義彰「慰安所の女」（『新沖縄文学』第三一号、一九七六年二月）などがあるが、本論では、「朝鮮人従軍慰安婦」に焦点をあてているため、「日本人」「沖縄人」その他多くの国の「従軍慰安婦」の人々について考察が及んでいない。

（2）一九六五年「日韓条約」以後の在日朝鮮人の人々に対する法的地位に関わる差別的政策の問題点については、徐京植『分断を生きる　「在日」を超えて』（影書房、一九九七年五月刊）の特に「Ⅲ　新しい民族観を求めて」を参照。またここで、「一九六九年二月に登場した「入管法案」は、ベトナム戦争を背景とした大きな社会変動と重なり合うことになる」（田中宏『在日外国人　新版』岩波新書、一九九五年一月刊、一二五ページ）という状況が、一九七〇年前後の沖縄のベトナム戦争前線化と連関して思考される必要がある。

（3）駒込武「日本の植民地支配と近代――折り重なる暴力」（『別冊思想　トレイシーズ』第2号、岩波書店、二〇〇一年八月）。

（4）現在では調査研究によって「日本国内」に幾つもの「慰安所」があったことが確認されている。金富子・宋連玉『日本軍性奴隷制を暴く――二〇〇〇年女性国際戦犯法廷の記録　第3巻「慰安婦」・戦時性暴力の実態Ⅰ――日本・台湾・朝鮮編』（緑風出版、二〇〇〇年一一月刊）の「第3章　日本人慰安婦」（執筆、西野瑠美子）は、日本人「慰安婦」の徴用のあり方について詳しく論じつつ、国内に設けられた「慰安所」について明らかにしている。また、同書の巻末に掲げられた朴潤南《パクユンナム》作成・池田恵理子補足の「資料「慰安所」があった場所」によれば、松代、富山、大阪、福岡など日本国内に「慰安所」が存在したことが確認されている。

（5）注（4）前掲書の「第4章　沖縄戦と軍「慰安婦」」（執筆、浦崎成子）に、「沖縄の慰安所マップ」（一九九四年作成版）が示されているほか重要な指摘がなされている。あるいはまた、浦崎成子「沖縄と『慰安婦』問題」（『けーし風』37号、新沖縄フォーラム刊行会議、二〇〇二年一二月刊）を参照。

（6）たとえば、「わが沖縄県民同胞は、概して、他の都道府県の同胞のように、言葉巧者、表現上手ではないが、沖縄戦ということによる惨虐と苦難の強烈な体験（記銘、把持）をもたされている」（宮城聰「解題」『沖縄県史第9巻　沖縄戦記録Ⅰ』編集発行・琉球政府、一九七一年六月二三日発行）という言葉にも、そうした意識を読みとることができる。

（7）ここで語られている「久米島事件」とは、一九四五年六月、沖縄・久米島で、島民および朝鮮人谷川昇（具仲會）さん一家が、鹿山正隊長率いる日本軍によつて、スパイ容疑で虐殺された事件。富村事件公判中の一九七二年三月の『サンデー毎日』での鹿山発言を契機として、同年、沖縄の地元新聞『琉球新報』で集中的な報道がなされる。この久米島虐殺事件については、とくに朝鮮人の具仲會さん一家虐殺に関して、富村は『わんがうまりあ沖縄』全体を通じて何度も言及しており、また、後年出版した『琉球慰安婦　天皇制下の闇の性』（玄曜社、一九七七年一〇月刊）のなかで、「日本名谷川昇さん一家七人（本名を具仲会さんという朝鮮人であった）と戦前、同じ釜の飯をたべたよしみ」があるとしており、同書のなかでも繰り返しこの事件について言及している。なお、この事件については、大島幸夫『沖縄の日本軍　久米島虐殺の記録』（新泉社、一九八二年九月刊）がくわしい。関連して、沖縄における強制連行朝鮮人問題については、註（1）でふれた著作のほかにも、福地曠昭『哀号・朝鮮人の沖縄戦』（月刊沖縄社、一九八六年六月刊）、海野福寿・権丙卓『恨――朝鮮人軍夫の沖縄戦』（河出書房新社、一九八七年七月刊）、朴壽南『アリランのうた――オキナワからの証言』（青木書店、一九九一年一一月刊）、福地曠昭『オキナワ戦の女たち　朝鮮人従軍慰安婦』（海風社、一九九二年八月刊）などを参照。

（8）岡真理「「他者」の存在を思い出すこと」（『彼女の「正しい」名前とは何か』青土社、二〇〇〇年九月刊）。

文学のレイプ

戦後沖縄文学における「従軍慰安婦」表象

1　不在化される「従軍慰安婦」

戦後沖縄文学において、「従軍慰安婦」をテーマとして取りあげているテクストは、極めて少ない。その少なさは、戦記・証言と比較すると歴然たるものがある。結論めくことを先走って言ってしまえば、戦後沖縄文学において、「従軍慰安婦」とりわけ「朝鮮人慰安婦」の存在は、不在化されているのだ。しかも、この不在性は数量性の問題に還元され得ないばかりでなく、それ以上に、その表象のあり方そのものと深く連結した不在性であると考えなければならないだろう。換言すれば、戦後沖縄文学において、「従軍慰安婦」は、二重の意味で不在であると言える。まず一点目として、基本的に存在そのものが書かれることがないということ、そして二点目として、例外的にではあれその存在が書かれる時、その表象過程において、存在そのものが「男」あるいは「民族」の物語に領有され、その歴史的身体の固有性そのものが奪われるという点において不在化されるということである。この二重の不在化のなかに封印されていこうとする「従軍慰安婦」の存在を、文学を読むという行為を介して、いかにして再―記憶化《リ・メンバーリング》し、さらに言えば現在における政治的そして倫理的課題として私たちが生き直していくことが可能か、本稿をそうした思考を開いていくための試行としたい。

戦後沖縄において、「従軍慰安婦」がいかに歴史化されようとしてきたかを問おうとするならば、おそらくは、その実態は、いわゆる「戦記」の分野において決して十分ではないにせよ見出されることになる。とくに沖縄の「日本復帰」直後の『沖縄県史第10巻　沖縄戦記録2』（沖縄県教育委員会沖縄史料編集所、一九七四年）以後、市町村史の証言記録において、特にいわゆる「朝鮮人従軍慰安婦」について少なくない記述が見出せるし、ドキュメンタリーの分野においては、富村順一『わんがうまりあ沖縄』（一九七二年）、山谷哲夫『沖縄のハルモニ』（一九七九年）、川田文子『赤瓦の家――朝鮮からきた従軍慰安婦』（一九八七年）、上原栄子『辻の華』（一九八九年）、福地曠昭『オキナワ戦の女たち　朝鮮人慰安婦』（一九九二年）をはじめとして、かなりの文献が、従軍慰安婦を正面から取り上げていくようになる。

こうした沖縄の戦記・証言記録における「従軍慰安婦」問題への取り組みの重要な契機となっているのが、「日本復帰」直後の一九七二年八月の「朝鮮人強制連行虐殺真相調査団」（尾崎陸・元日弁連会長、金浩彦・朝鮮総連社会局部長を含む八人）による調査とその調査報告に関する地元新聞での集中的報道であることは確かなことのように思われる。沖縄における「従軍慰安婦」に関する再―記憶化プロセスの歴史的政治的背景として、日米安保条約体制強化に他ならない沖縄の「日本復帰」への問い返しがあり、そして、その「日本復帰」の背景となった軍事戦略的要因たる朝鮮戦争（その後の半島の軍事的緊張）とベトナム戦争という二つの戦争に、沖縄が前線基地として加害的に関与していることへの反省的契機が働いていたことも、当時の新聞報道などを見ると理解されてくる。こうした、歴史的経緯を背景として、沖縄では、「従軍慰安婦」の問題は、朝鮮人強制連行に関する歴史研究や、あるいは戦時下沖縄における慰安所設置や朝鮮人虐殺への日本軍関与の調査などにおいて、広範囲にとは言えないまでも、その記述が積み重ねられてきたのであった。この積み重ねの重要性は疑いようがない。この点、文学における取り組みは絶望的なほど「戦記」に遅れを取っていると言えるだろう。

だが、ここで考えたいのが、これら「文学」ではないはずの、戦記自体が、これから、その戦記としての「事実」性をめぐって極めて危機的な「文学的」攻撃にさらされる可能性が大きいということである。たとえば、座間味島での「集団自決」に関する、「軍命」の有無をめぐる大江健三郎・岩波書店への「自由主義史観」側からの訴訟（二〇〇五年）にもそれは明らかだが、沖縄戦にかかわる記述は、その記述の「事実性」をめぐる科学実証的論争の如き体裁をとりながら、その実、極めて党派的な抗争のなかに引き込まれていくだろうし、事実、既に引き込まれている（それは、一九九九年の「沖縄新平和資料館」問題でも既に明らかであった）。とするならば、上記の多くの「従軍慰安婦」に関する戦記あるいはドキュメンタリーも、その「主観」性あるいは非客観性をめぐって、意図的に歪められた攻撃にあうことは十分に予想し得る（多くの歴史教科書から「従軍慰安婦」の記述が消えたように）。

そうであるなら、急ぎなされなくてはならないのが、実証的歴史研究による「従軍慰安婦」の事実的検証であることは論を待たない。いかなる政治的圧力による攻撃と否認にも耐えうる歴史の実証が求められていることは疑いようがない。

だが、その場合、事実の認定をめぐる法的闘争そのものが、既にして物語論的な抗争性という性格を帯びていることをどう捉えたらいいだろうか。たとえば、先述した「集団自決」をめぐる法廷闘争の焦点が、他ならぬ曾野綾子『ある神話の背景』（一九七三年）や大江健三郎『沖縄ノート』（一九七〇年）あるいは、宮城晴美『母の遺したもの』（二〇〇〇年）などのテクスト間における記述典拠性やナラティヴのあり方そのものをめぐる闘争として浮上してくる時、歴史的事実性それ自体が、物語行為論的抗争のなかにおいて問われてくるということも考え得る。とするならば、今問われるべきは、歴史的事実を叙述あるいは証言することに関わる物語行為そのものの政治性であると考え得るし、そして同時に、文学的テクストの孕む歴史性そして政治的力学を再発見していく必要性であるとも考え得る。むしろ問題は、歴史的事実か文学かというカテゴリーの選択ではなく、その間を深く通底しつつ、その二領域を相互規定的に連動化させていく言葉の政治的動態を問い直していく必要というべきではないだろうか。

そこで、ここでは、以下に、又吉栄喜『ギンネム屋敷』（一九八〇年）というテクストを取り上げ、そこで表現されている「朝鮮人慰安婦」そして朝鮮人強制連行の問題、そうした「沖縄人」以外の人々によって生きられた沖縄戦の再―記憶化の可能性を、その歴史性という側面から考えていきたい。

2　又吉栄喜『ギンネム屋敷』――女という「資源」と男たちの戦争

又吉栄喜『ギンネム屋敷』には、その当初から「全体の構成が弱いために、作品としてのまとまりがなくなっている」（宇波彰「文芸時評　多様な新人たち」『新日本文学』一九八一年一月号）といった批判がよせられている。たしかに、多くの断片的物語が拡散的に提示されていて、その物語的構成は破綻的とさえ言えるだろう。だが、この小説に「作品としてのまとまり」を求めるということ自体が、既に倒錯的ふるまいと言えるのではないか。米軍占領下一九五〇年代の沖縄を舞台としながら、そこで沖縄の人間が朝鮮人強制連行という事件や朝鮮人「慰安婦」という存在の記憶に直面するという出来事を、整序化された一つの構成的物語として提示するということ自体が不可能なのであって、むしろ、この小説は、自らを文学テクストとしての限界性に追い込みつつ、逆に、それを読む者に、沖縄戦の「歴史」に関わる表象の限界性、あるいは沖縄戦を「物語る」ことの限界性を開示しようとしているとも考えられる。

『ギンネム屋敷』は、戦後八年目の一九五三年頃を物語的現在としながら、そこに、沖縄戦当時の記憶的断片をつぎはぎふうに折り込んでいく構成となっている。主人公は「私」＝「宮城富夫三五、六歳」という男で、戦争で一人息子を喪い、それが原因で妻の「ツル」とは別居となり、「春子」という飲み屋で働く若い女性と同居している。いっぽう「安里のおじい」は、戦争で片足を失い、今は「知恵遅れ」の孫で娼婦の「ヨシコー」と同居している。そしてその「ヨシコー」に一方的な恋慕をよせる「勇吉」はスクラップ拾いで何とか食いつないでいるような男。互いに沖縄戦の傷を負いながら、同時にまた、三人の男たちは、歪な形で、それぞれ女を自らの所有のもとにおこうとして牽制し合う関係ともなっている。たとえば、「安里のおじい」は「ヨシコー」との近親相姦の可能性が示唆されているし、「勇吉」はそれを知りつつも、ただ

「ヨシコー」との性交を求めるだけである。そうした三人の沖縄人の男たちが、「ヨシコー」を暴行しようとしていたという「勇吉」の目撃話しから端を発し、ギンネムの生い茂る屋敷に独り住んでいる米軍エンジニアの「朝鮮人」から「弁償金」をせびり取ろうという計画を立てて、因縁をつけに行くことになる。嫌疑をかけられた「朝鮮人」はその疑いをあっさり認め、そのうえで「私」だけを家に呼び出し、「小莉」という元「慰安婦」であった女を戦後引き取ったものの、女の激しい拒絶にあい、彼女を殺害し屋敷の一隅に埋めてしまったという顛末を「私」に告げる。そのことを告げた後「朝鮮人」は自殺するのだが、その時、多くの遺産が「私」に贈与される。しかし、その「朝鮮人」を実は戦時から知っていた「私」は、沖縄戦での「朝鮮人」の虐殺事件や自分の一人息子の無惨な死の記憶にさいなまれることになる。そして、「勇吉」によって、嫌疑そのものが嘘であり、実際「ヨシコー」を犯そうしたのが彼自身であったことが明かされ、残された男たちは、また、退嬰した日常に戻っていく。これが『ギンネム屋敷』のおおまかな成りたちである。

こうして小説の粗筋を見てみると、なるほど、そこには、「一九五〇年代初期の沖縄をたくみに描いただけでなく、戦争で生活を破壊された人間、しかも同じ戦争の犠牲者であるはずの人間たちが互いに「食いつぶしあう」さまをえぐり出し差別の心理を極めて沖縄的な形で小説化している」（無署名書評、『沖縄タイムス』一九八一年一月二四日）様相を読み届けることは可能であるだろう。だが、この時、「同じ戦争の被害者」あるいは「食いつぶしあう」者たちという言葉が記述されるとき、そのなかに「女」は存在しているだろうか。果たして、戦時は従軍「慰安婦」

そして戦後はアメリカ兵や沖縄人たち相手の売春婦となり、ついには引き取られた「朝鮮人」によって殺害される「小莉」や、祖父の「安里のおじい」から性的虐待を受け「勇吉」からレイプされている「知恵遅れ」の「ヨシコー」を、「同じ戦争の被害者」「食いつぶしあう者」として括れるか、ということである。むしろ、彼女たちは、「同じ戦争の被害者」であったり「食いつぶしあう」ような相互「主体」的な関係、さらに言えば相互承認的な「民族」的敵対性の絆からこそ排除されていると言うべきではないか。この小説における、「同じ戦争の被害者」同士による「食いつぶし合い」という、沖縄人男性と朝鮮人男性とをめぐる重層的な被植民者男性同士の敵対的関係は、その暴力的関係の地下に、「女」たちの所有と交換、そして殺害と廃棄というプロセスそのものを埋め込みそして不可視化しようとしているように思える。少なくとも、彼女たちの声は、一度たりとも、この小説のなかで響くことはないし、それは男たちによって先取られ横領されている。「同じ戦争の被害者」という負の経験が構築する共同性を彼女たちが持ち得ることはないし、ましてや、「食いつぶし合う」といった、それ自体が米軍占領の支配的システムの顕在化にほかならない基地依存的経済関係が、彼女たちを「主体」とすることも決してない。こうした「女」の動員とその排除によって、男たちの歪んだ「主体」の物語を構成しようとしているのが、『ギンネム屋敷』という小説とさえ言えるように思えるのである。

そうした植民地軍事占領の暴力の累乗化されたあり方を、たとえば、「勇吉」「安里のおじい」そして「私」という沖縄の男たちの言葉の交差はあまりに明瞭に露呈させている。

「じゃあ、いい！　そのかわり、ヨシコーを買ってもいいだろうな、あの金で」

（中略）


勇吉は手に持った茶碗をみつめたまま、言う。「ヨシコーはウチナーンチュの女だろ、どうしてウチナーンチュの男とやったらいけないんだ、なぜアメリカーやチョーセナー（朝鮮人）ならいいんだ、逆じゃないか、逆が当然じゃないか」

「なにぃ！　お前はいつからそんなに醜くなり果てたんだ。そういうもんは畜生と同じだぞ」

おじいは勇吉の横つらを強く押した。勇吉はほとんど動かない。

「おじいはヨシコーと抱き合って寝てるというじゃないか、噂は広がっているんだ」

勇吉は唇を噛みしめた。私は動悸がした。初耳だった。


（中略）


「じゃあ、また、あのチョーセナーにヨシコーをさせて儲けようじゃないか、金取ってからさ、そんなにチョーセナーがいいならさ、けしかけたらすぐやるよ、チョーセナーなら」

「おい、勇吉！」

私は思わず、どなった。たまらなかった。「お前は誰にものを言ってるんだ」

勇吉は私に向いた。唇をかんでいる。何か言いたげだ。

「……私はもともと反対だったんだ、沖縄人の恥だ」


ここでの三人の男たちの語りが示しているのは、「ヨシコー」という一人の「知恵遅れ」の女性をめぐる性的欲望の駆け引きであり、その欲望が所有と交換をめぐる経済の言説によって提示されていることを読み取ることはむしろ容易い。しかし、そこに働いている性＝経済的欲望が、「沖縄人」そして「朝鮮人」「アメリカ人」という民族的人種的対立として語られる時、この小説自体が内在している転倒性が明らかになってくる。つまり、ここでの「ヨシコー」をめぐる沖縄人男性三人の確執は、その実、その「ヨシコー」を「朝鮮人」に支配されることへの憎悪として現れてくるのであって、その時かれらの欲望は、その想像化された「朝鮮人」の性的欲望そしてそれを実現可能とする経済的基盤への反発そして羨望として形成される、「沖縄人」という主体の模倣的基盤を示していると見ることもできる。

「ヨシコー」という「ウチナーンチュの女」が「朝鮮人」の性的暴力にさらされることへの怒りとしてではなく、むしろ、そのような支配力を持つ「朝鮮人」に対して、「民族」と「血筋」における占有的な所有権を主張しあっているのが、この「沖縄人」男性たちなのであって、少なくとも、「勇吉」にとって「ヨシコー」は「ウチナーンチュの女」であることにおいて自らの所有に関わるのであり、「安里のおじい」は、その「血筋」において、「ヨシコー」を自らの所有下にあるものとして主張しているのである。そのうえで、彼らは、所有物（「ヨシコー」）の交換という市場において、自らを「沖縄人」という主体＝「女の所有者」として定位しようとしているわけで、そうした自己固着化が、「朝鮮人」との想像的な敵対性に依存していることは言うまでもない。その意味において、彼らは、互いに憎み合い対立しているかに見えて、所有―交換の場の共有性において、つよい共同性を確保している。「ヨシコー」という「女」を所有しそして売買するという仮の権利を「朝鮮人」という反射鏡に写しつつ主張し、転倒的かつ想像的に「沖縄人」という主体を設立しようとしているのがこの小説のなかの沖縄の男たちなのであって、この時、「沖縄人」（ウチナーンチュ）という「主体」は、「ヨシコー」という女の交換と廃棄を前提としている。

3　文学のレイプ

　こうした沖縄の男たちの思惑が、「朝鮮人」に対する激しい差別意識から導かれていることを疑う余地はない。しかし、こうした差別が同時に当の「朝鮮人」に対する恐怖やさらには羨望といった情動と不可分であることもまた確かである。「あの朝鮮人は貧乏人の女を人間と思っていないんだ」と言いつつ、その「朝鮮人」の金にすがろうとしている「おじい」と「勇吉」はもとより、対面するや、「朝鮮人」の語る流暢な日本語に圧倒され「見下されている気が」して怯えている「私」を含め、実は、はじめから誰も「朝鮮人」が「ヨシコー」を暴行したことに確信など持ってはいない。むしろ、性的かつ経済的欲望の葛藤劇のなかに「朝鮮人」という他者を巻き込み、その共犯的関係のなかで、民族的敵対性をあおりながら相互承認的な形で男性性として現前する自らの主体性の回復を謀ろうとしているだけとさえ言えるかもしれない。その時、「内心をみすかされているような気がした」「私」に対して、当の「朝鮮人」が、「次の日曜、あなた一人で来てくれませんか。お話があるんですが」と語りかける。そこから、小説は急激な展開を見せていくことになる。徴用され強制連行されて沖縄にきた経緯を語る「朝鮮人」は、「私がのうのうと生き残っているのはですね、小莉をみたからですよ」と語り、さらに、戦中、「慰安婦」として日本軍に引き回され、戦後は沖縄人経営の売春宿で身を売って廃人同様になっていた「小莉」を身請けしたことを告げた後、言葉を次のように継いでいく。

私は金をつんで小莉をひきとりました。私は小莉を精液でめちゃくちゃにした男達に殺意が生じませんでした。誰を殺していいのかわかりませんから。日本兵、米兵、沖縄人……朝鮮人の男は一人もいなかったに違いありません。（中略）

私がそっと肩に手を置くと、小莉は突然、立ち、逃げました。私は裸足でかけおり、竹林の土手を這いあがろうとしていた小莉の上着の端をつかみました。すると、小莉は濡れた土に足をすべらし、つかんでいた竹が大きくはね、私の目をしたたかに打ちました。私は痛みをこらえましたが、涙があふれて、視界がぼやけ、肩を掴んだつもりが長い髪をひっぱっていました。私はそれをゆり動かし、一言いってくれ！　と哀願しました。小莉はつぶれたような悲鳴をあげ、振り返りざま、私の顔につばを吐きかけました。私は小莉をひきずりおろしました。両手に異常な力が出ました。小莉は全身の力を抜いて、私にもたれかかってきましたが、私は長い間、首を絞め続けていました。（中略）

穴を掘って埋めました。白目をむいて、舌を思い切り出して、よだれをたらした顔のままの小莉を……しかし、埋め終わると、昔の陽気で恥かしがりやの小莉のおもかげを私は思い浮かべたのですよ。もうすでに、穴の中の小莉は骨になっているはずです。しかし私は純粋に悲しめません。骨たちはどうしても純粋に死んだとは思えません。同じ仲間さえも殺した犯人のような気がします。……あの井戸の中にも二体ほどの白骨が沈んでいるのですよ。雨の少ない時期には底が透けて見えます。……あなた方は骨といえば、沖縄住民のか、米兵のか、日本兵のか、とか考えませんね。じゃあ、何百何千という朝鮮人は骨まで腐ってしまったんでしょうかね。

既に自殺を決心していたであろう「朝鮮人」の言葉のなかで、植民地主義暴力と性的収奪とが折り重なる場所において、日本国家によって拉致され、幾多の男たちに暴行され殺され、そして完全に「忘却の穴」に棄却されていた「小莉」が、ここでようやくその姿を現しているかにも見える。だが、この「朝鮮人」の痛ましく切迫した言葉にあってさえ、なお「小莉」は、その存在性をそして声を奪われている。さらに言えば、レイプの連鎖という暴力を告発するかにも見えるこの場面の言説そのものが、「小莉」を物象化していくプロセスのなかで、レイプ的暴力を反復しているようにさえ読み得るほどである。しかもこの時、殺された「小莉」は、「何百何千という朝鮮人の骨」そして「仲間たち」の死という共同体のなかに組み入れられようとしていると読むことも可能かもしれない。しかし、小莉は、その存在もまたその死さえもまったく忘却されているのであって、その忘却を可能ならしめている一因として他ならぬこの「朝鮮人」の沈黙があったとするなら、むしろ、「小莉」のような存在を歴史の他者としてきた日本帝国主義の暴力の一端を「朝鮮人」その人が担ってしまうという残酷な転倒がここで読み取られなければならないのではないか。少なくとも、ここでの「朝鮮人」の「小莉」の死を語る言葉は、「小莉」その人の死を民族の歴史的苦難という共同性のなかに組み入れようとするあまり、そこに働いている性暴力あるいは性的収奪という「女」の身体の所有や売買、そして廃棄（殺害と遺棄）そのものを正面から問うことを回避しているようにも読めるのである。その意味で、「私は小莉を精液でめちゃくちゃにした男達に殺意が生じませんでした。誰を殺していいのかわかりませんから。日本兵、米兵、沖縄人……朝鮮人の男は一人もいなかったに違いありません」

という「朝鮮人」の言葉は、戦前—戦中—戦後という沖縄における植民地主義の継続下における、植民地主義暴力への鋭い批判的告発となりながら、しかし同時に、この言葉自体が、日本兵、米兵、沖縄人という負の歴史を背負った強姦者たちの「主体」性を倒錯的に立ち上げ言説の中心に導きいれようとしているとも読めてしまう。こうした「男たちの物語」のなかにあっては、レイプされ続けた小莉の身体そのものは全くの不在あるいは欠如となってしまっているのだ。

言ってみれば、この小説は、「ヨシコー」あるいは「小莉」という米軍占領下の沖縄社会のなかの最下層の女性への性暴力を描くことにより、「同じ戦争の犠牲者であるはずの人間たち」の間に作動する差別の錯綜した関係を浮上させることに成功しながら、その差別の構造のなかで不在化されているその女性たちの声を奪うという表象のあり方において、文学によるレイプという反転を生じさせているとさえ読み得るのである。

4　帝国主義暴力の連鎖と反復

だが、こうして、男たちによる「女」の所有—交換による、相互「主体」化というプロセスがこの小説の根幹にあり、その暴力行使において「朝鮮人」もまたその共犯性を持つという点が明らかだとしても、そのことが、男たちの相互「主体」化を保障しているかと言うと、そう断じることは困難だろう。彼らの、過剰なまでに「民族」的でありかつ男根主義的《ファロセンティック》でさえある言葉は、むしろ、かれら自身の「主体」化の失敗の痕跡と捉えることもできるように思える。少なくとも、「朝鮮人」の問わず語りのなかには、そうした危機が極めて示唆的に露呈されていると言うべきである。というのも、彼による「小莉」殺害という暴力の発動は、それ自体が、戦中―戦後という時間のなかで彼自身のなかに体内化されてしまった日本帝国主義の構造的な戦時性暴力の回帰あるいは再現として読むことが可能であり、さらにいえば、占領米軍の軍事支配の持つ東アジア全体に及ぶ分断支配的な新植民地主義的暴力の代行的作動として見ることが可能なように考えられるからである。

たとえば、「私は痛みをこらえましたが、涙があふれて、視界がぼやけ、肩を掴んだつもりが長い髪をひっぱっていました。私はそれをゆり動かして、一言いってくれ！と哀願しました。小莉はつぶれたような悲鳴をあげ、振り返りざま、私の顔につばを吐きかけました」という「小莉」殺害に至る「朝鮮人」の行為そのもののうちに、日本兵による「小莉」への戦時性暴力の再現を読み取っていくことは不可欠な作業だろう。「悲鳴」をあげ唾を吐きかけた「小莉」のなかで、「長い髪をひっぱ」りまわす「朝鮮人」が戦時の日本兵に重なったとして何の不思議があるだろうか。加えて、そこに戦後、米軍占領下の沖縄で「小莉」を買春する米兵や沖縄人たちの暴力が再現されて「小莉」のなかに回帰していたと考えることは十分に可能である。むしろ、「朝鮮人」の語りは、こうして「主体」化という目論みそのものを解体させつつ、戦中と戦後を貫く帝国主義的暴力を自らの身体において反復してしまう一個の分裂的存在のねじれと痛みを現出させ、自らの「主体」化の不可能性をこそ刻印するのである。日本帝国主義暴力を体内化してしまった被植民者という存在様態において、この「朝鮮人」のなかで、加害者性と被害者性は分離不可能なのであり、それ故に、この矛盾する両極への引き裂きによって、「朝鮮人」は統一的な自己を保つことができないのである。

でも、おかしなものですね、私はいつでも死ぬ機会のあった戦争の最中は小莉を思い浮かべて、苦しくなればなるほど、より鮮明に思い浮かべて、苦しくなればなるほど、より鮮やかに思い浮かべて、それを糧にして生き続けた。ところが、戦争が終わって死ぬ心配がなくなると私は簡単に殺してしまった。ほんとうに、おかしいほど簡単に……。小莉はどうして変わってしまったんだろう。……いや、私の気が狂ったんでしょう。私は戦争で何一つ変わらないのですよ。変わらないのはおかしいでしょう？　生きていけないんじゃないですか？　変わらあ、死体は、あそこの竹藪の下、……土が少し盛り上がっているでしょう、わきからカンナがのびていますが……あそこに埋めてあるんですよ……あそこで殺されたのですから……。

彼が、自分の犯行を現実として把握することが困難で、時として「夢」あるいは「幽霊」としてしか「小莉」を語ることができないのは、この「朝鮮人」の身体において、戦後という時間秩序が事後的に構成されることが決してなく、彼自身がいまだ「戦時」に幽閉されているからとは言えないだろうか。「私は戦争で何一つ変わらないのですよ。変わらないのはおかしいでしょう？　生きていけないんじゃないですか？」という「朝鮮人」の共約的理解を根底から拒むような困難な語りは、彼にとって彼自身が一個の他者であることを明らかにしている。

そして重要なのは、こうした分裂的な語りを聞き取ってしまった「私」にも、同様の「主体」の不可能性が再起していくことである。

朝鮮人は戦争の話をした。私は忘れようとしているのに……。朝鮮人の罪悪はこれだ。おかげで私は朝鮮人の話を聞きながら、息子を思いおこしてしまい、顔中の血の気がひいた。朝鮮人の恋人の幽霊はわずか一メートル足らずの土の下に埋まっているにすぎない。私の息子は六歳のまま、一つの岩山の下敷きになっている。（中略）

鮮烈な夢だった。いつまでも忘れられない。ふっとんだ息子の首は父ちゃん、痛いようと叫びながら、どこまでもころがり、私も何か叫びながら懸命にその首を追うのだが、足が動かない。

この前段で、戦時中、強制連行されてきた別の「朝鮮人」が銃剣で突き殺される時の「あの機械が軋むような朝鮮人の声は今でも耳の底によみがえる」と内心でつぶやいてもいた「私」なのだが、ここで「私」に回帰しているのは戦争中の一人息子の死である。必死になって忘却しようとして抑圧していた傷の回帰にさらされることを通して、今度は、「私」が戦争の記憶を生き直している。つまり、「朝鮮人」と「私」あるいはそこに関わっていく「安里のおじい」や「勇吉」は、それぞれが、相手のなかに自らが自らの内に深く押さえ込み忘却しようとする自らの闇を見てしまっているのだ。彼らは他者のなかに自らが忘れようとしている自己を発見しているのであり、そのことを通して、他者の傷を生き直してしまっているのである。

その意味でいえば、「女」の所有と交換そして廃棄において、共同性を獲得し相互「主体」化を果たしているかに見えたこの小説のなかの男たちは、絶望的なまでにみずからの「主体」化に失敗している。彼らは、戦争の圧倒的な暴力にさらされ、そして植民地主義の重層化された暴力そのものから癒しがたい傷を受けた存在であるにも拘わらず、むしろ、そうであるが故に、その暴力を体内化し自らの内に折り込み、その暴力を反復してしまうという矛盾を生きている。そして言うまでもなく、その矛盾の犠牲の最も深い闇のなかに、声を奪われた「女」たちが棄てられていくのである。

5　死の贈与と沖縄戦

こうして、戦時―戦後を貫く暴力の回帰ともいうべき事態を、沖縄人男性と朝鮮人との依存的関係に、そして彼らによって声を奪われて棄却されていく「女」たちの孤絶的な関係のなかに見てきたわけがだが、その過程のなかで、こうした関係を成立させているはずの、日本そしてアメリカの姿がこの小説にほとんど出てこないことに気づかされる。しかし、一九五〇年代、沖縄が米軍占領下にあって、朝鮮戦争の前線基地として日米安保条約体制における極東軍事侵攻の要塞となるという、日本とアメリカの決定的な軍事同盟政治が、こうした物語から跡形無く消え去るということは絶対にあり得ない。むしろ、その隠れた支配のあり方において、日米軍事同盟はあきらかにこの物語の要所要所にその大きな影を落としているはずである。そしてその影を一身に担っているのが、「朝鮮人」自殺の後、多くの遺産が「私」に残されるという奇怪な顚末のシーンのなかに出て来る「ナイチャー」(内地人)二世」の米兵である。

「遺体は軍が外人墓地に埋葬します。葬祭費はあなたに出してもらいますよ。あとで請求書を送ります」

私はすぐうなずいた。二世に早く帰って欲しい。このままだと勇吉が何をしゃべりだすか、気がきでない。

「遺体は陸軍病院の地下の死体安置所にあります。それとも、あなたが引き取りますか?」

二世が言った。くどい。私の内心を見透かしているようだ。

「いや、そちらでお願いします」

私ははっきりと言った。

「あなた、うれしそうじゃないですね、財産もらってうれしくないんですか?」

「いや、うれしいです」

二世は立ちあがった。

「あなた、帰ってもいいですが、一週間ぐらいは家にいなさい。……私に相談に来なさい。いいですね」

あんたの真意はわかりますよ、と言ってやりたい。しかし、黙ったまま二、三回うなずいた。


この場面にあふれている言説が、贈与と請求、譲渡と仲介、といった経済取引を示唆していることは見易い。しかし、ここで重要なのは、そうしたいっけん些細な経済的駆け引きあるいは「朝鮮人」の遺体をめぐる駆け引きが、一九五〇年代の朝鮮半島そして沖縄をつらぬくアメリカの軍事覇権そのものと深く連動している事を読み取っていくことである。いうまでもなく、一九五〇年代前半、沖縄の基地は朝鮮半島に対するアメリカ軍の前線基地となっていたわけであり、米軍占領下沖縄の一九五〇年代の強制的基地拡大と基地依存的経済の拡張は、朝鮮戦争をその直接的背景としていた。そしていうまでもなく、一九五二年のサンフランシスコ講和条約そして日米安保条約によって戦後国際社会に「復帰」していく日本は、沖縄を軍事要塞としてアメリカに譲渡することによって、「朝鮮特需」を迎えつつ直接間接にわたって朝鮮戦争に加担してく。沖縄をいわば日米安保条約下における例外状態的領土と化すことによって、朝鮮半島そのものを戦禍のもとに曝してきたのが、他ならぬ日米軍事同盟である。こうした軍事＝経済にわたる日米同盟下における、沖縄そして朝鮮半島の恒常的戦争化の力学を、自殺した「朝鮮人」の「遺産」をめぐる、沖縄人の「私」と、「ナイチャー二世」の攻防は極めて示唆的に暗示している。となれば、「朝鮮人」による自殺とその「遺産」の「私」への贈与という不可解な行動は、それ自体が、戦前―戦中そして戦後を貫くアメリカと日本、そして沖縄そのものに対する戦争の痕跡の贈与であったとも考え得るはずである。

ここで、「朝鮮人」から「私」へ贈与されようとする遺産をくすね取ろうとする「ナイチャー二世」が、日本とアメリカという二つの国家の政治的アナロジーとなっていることは見易い。朝鮮半島及び沖縄を戦場とすることによって、冷戦後みずからの政治＝経済的基盤を構築した日米軍事同盟が有する極めて暴力的な差配システムの露わなまでの具現化を、この「ナイチャー二世」が担っていることは疑いようがない。だが、ここで重要なのは、「朝鮮人」の「私」への遺産贈与が、まさにこの日米軍事同盟による収奪を先制的に回避しつつ、自らにたかり、嘘の嫌疑で脅しをかけた他ならぬ「沖縄人」の「私」のみを宛先として実行されているということである。この贈与は、まさにこの点において、残酷なまでの厳命を伴っていると言わねばならないだろう。つまりは、沖縄の地で強制労働させられ殺されていった朝鮮人たちに関する忘却が完遂されていこうとする、日米安保条約下の沖縄の歴史的現在のただなかにおいて、強制連行された朝鮮人軍夫そして「朝鮮人慰安婦」の生きられた時間の贈与をこそ刻印するのが、この「朝鮮人」から「私」への財産贈与に他ならないということである。果たして忘却は可能だろうか、と、この贈与は「私」において「私」を問わしめるだろう。

むろん、こうした贈与によって、自殺していく「朝鮮人」の「私」への支配が完成されるということはない。小説の最後、この場面に表出されている経済的循環構図においては、そこに関わる者すべてに、戦前―戦中―戦後を貫く時間のなかで沖縄という場をめぐって発動されつづけている帝国主義暴力の徴が刻印されてしまうのである。この刻印を通じて、そこに登場する者すべてに暴力の歴史から召喚が突きつけられる。この贈与には、返済義務がない代わりに、その贈与に先立つ、殺戮や収奪、強制連行や人身売買、そして戦争賠償や基地依存経済に関わる歴史的暴力の記憶が染みついている。むろん、死んでいった「朝鮮人」がその負荷を「私」に与えようとしているというわけでない。だが、その「朝鮮人」の無言の死においてこそ、「私」は贈与を受け取ることによって糾されるのではないか。「ナイチャー二世」の「見透かす」ような振る舞いに反発し「あんたの真意はわかりますよ」と内言しつつ、しかし、「私」は「私」の内に反響する「私」自身の審問にさらされてしまうほかないだろう。つまり、このとき「私」は、日本、アメリカ、そして沖縄を貫く、帝国主義暴力が決して終結することなく作動しつつげていることを、自殺していった「朝鮮人」の遺産贈与のなかに感知するしかないのだ。

この贈与は、東アジアにおける戦争の継続とその継続下における不可視化された「朝鮮人」

の無数の死者そして生存者たち、そしてさらにそうした歴史から抹消されようとする「朝鮮人慰安婦」の死者、そして生存者たちの歴史なき歴史そのものの贈与でもある。この小説は、自殺した「朝鮮人」から沖縄人の「私」へ遺産が贈与されるという極めてアイロニカルな設定において、朝鮮人によって生きられた沖縄戦を、発見されるべき痕跡として、今なお私たちに送り届けようとしているのである。

第四部

抵抗の現在

「日本復帰」への違和

境界を積極的に生きる勇気……

二〇〇三年五月

沖縄の「本土復帰」三十周年を迎えて、「復帰」という言葉の意味し意図するところが、自らのなかでますます曖昧で理解しがたくなっていることに、今さらながら気づかされる。僕は何に「復帰」してこれまでを生きてきたのだろうか。人が「国家」に「復帰」するとはいったいどのような行為や認識であり得るのか。沖縄の今を生きる僕には、「復帰」という言葉に了解しがたい違和感が残ってしまう。

幼い頃は、「復帰」すべき（?）日本が、自明で自然な帰属文化だと思えていた。中学までを沖縄本島から遠く離れた宮古島で過ごし、高校・大学を親元を離れ沖縄本島で過ごしたノンポリ学生にとって、日本という国は沖縄の日常のなだらかな延長にある大きな文化的共同体のようでもあり、そこに違和を感じることは難しかった。

そのような内なる帰属意識が揺らぎだしたのは、大学を卒業後のモラトリアムの七年間を東京で大学院生として過ごしてからだった。「復帰」したはずの日本の中心にいて、僕はいささか途方に暮れていた。自明のように思われていた「日本」などというものは、どこにも見あたらず、帰属すべき（?）「国」から遊離してしまっているような感覚がいつもどこかにひっかかっていた。また、東京という場にあって、これまた自明であった沖縄という故郷が全く知覚できない空白となって、多くの人々の関心やメディアから掻き消されているように感じられたことも、違和感に拍車をかけた。

「復帰」を挟んで沖縄と日本はなだらかな延長にあるのではなかった。沖縄と日本が問題を共有し、共通の関心を形成するという対話的な関係は見いだせず、逆に、沖縄という安保上の問題を、敢えて忘れ去ることによって、はじめて敗戦後日本のかりそめの安定がもたらされていることに気がつくのに長い時間は要しなかった。

「復帰」がある種の幻想であり、「復帰」すべき「日本」という国がまたある種の幻影であることを突きつけたのは、一九九五年の米兵三人による少女暴行事件である。当時、まだ東京にいた僕に、あの痛ましい事件は、「復帰」が、「日本」「アメリカ」そして「沖縄」による政治的折り合いの産物であることを教えてくれた。しかも、東京にいると、その事件は安保条約の下、仕方なく起こった事件として扱われている印象さえあって、異様な感覚にとらわれたことをはっきりと覚えている。あの時、日本政府が選択したことは、問題解決の先送りであり、時間の経過による問題自体の風化・忘却であると僕には思えた。

「復帰」という政治的妥協が、一人の少女に加えられた暴力を隠蔽しようとしているかもしれないという疑問。また、振興策や軍用地料による人心の買収の一方で軍事基地を押しつけてくるといった、日本やアメリカによる沖縄への包摂的で抑圧的な力が、僕のような小さな存在にものしかかっているような引きつりにも似た感覚。そうした疑問や感覚を、あの一九九五年の事件は僕自身の身体に刻みつけたように思える。

そうした体験を通して思うのは、巨大な軍事基地が、日常を戦時化し、そこに生きる一人ひとりの人間に様々な抑圧や屈折した欲望を生成させようとしているのが、沖縄の今に他ならなくて、「復帰」三十周年とは、単に祝賀されるべき時間の節目として捉えるべきではないということである。

今から三十年前、日本という国家や日本人という国民への帰属を通じて、アメリカ軍占領から解放され自らのアイデンティティーを奪還したいと願った沖縄の人々の切実な感情を、「復帰」当時を覚えていない僕が、今、冷笑するようなことは許されないと思う。だが、「復帰」が、はたして沖縄に生きる人間に確かな拠り所をもたらしてくれたのかという疑問は残る。日米地位協定や特別措置法といった歪な法制度の存続の下、沖縄に生きるものは、ひとしく拠り所を失いつつ、日本やアメリカといった巨大な国家の政治的かけひきや文化的葛藤の間で引き裂かれ漂い続けているのではないか。

「復帰」三十周年という時間の経過を単なるイベントにするのではなく、「復帰」という概念を問い直す契機として捉える必要を、僕自身、今、強く感じる。そしてまた、拠り所を失いつつも、国家そのものへの違和を感じとる感性を自発的に選び直すことに、今後に残された可能性があるようにも思える。その可能性とは、沖縄とそこに生きる僕（たち）が、国に貢献し国に保障されるといった関係からいくらかでも自由になることに他ならない。

「復帰」という発想の根底に潜む国家・国民への包括という桎梏から逃れて、国に帰属するという心の傾きに敢えて距離をとる。そして日本本土と沖縄という地理的境界ではなく、国家や国民といった観念的統制からいささかでも自由であり得る心の境界を、自らの内に作り上げていく。そうした境界を積極的に生きようとする勇気を持ちたいと願っている。

炎上する沖縄で考える

米軍ヘリ墜落……

二〇〇四年八月

米軍ヘリ墜落の一報を聞いて現場に駆けつけ、そこで私が見たのは、戦場と言うしかない惨状であった。そしてその直後に目に入ってきたのは、剥き出しの軍事占領と言うしかない米軍の超法規的な暴力的支配力であった。沖縄に「戦後」など一度たりとも無かったのだし、米軍占領は継続されている。その事実を比喩としてではなく、明確な現実として、これ以上ないほど威嚇的な方法で示したのが今度の「事件」である。

事件後、防衛庁関係筋から、「死者が出なかったのは不幸中の幸いだった」などという戯言《たわごと》がコメントされたそうだが、この状況のなかでなお「幸い」という言葉が出せる神経を私は深く疑う。国が沖縄の基地問題を抜本的に見直すためには、いったい何人の死者が必要だろうか。教えてほしい。あとどれくらいの犠牲者と被害が出れば、国は、県は、そしてアメリカは、沖縄の基地問題を見直すのだろうか。数十人だろうか？　それぐらいでは足りないか？

沖縄国際大学への米軍ヘリ墜落事件の現場に立ちすくみながら、私は、その光景の中に、多くの死者たちの姿が折り重ねられていると思えた。宮森小学校への米軍機墜落事件で焼け死んでいった十七人の人々、嘉手納高射砲隊所属の米兵によって強姦され惨殺された六歳の少女、猪や鳥と見まちがえたからとの理由で射殺された人々、去年の九月に隠し持っていた流出米軍兵器によって爆死した自衛隊員の謎に満ちた死、そしてこれから殺されていくであろう人々、そうした多くの人々の死が、今度の沖国大へのヘリ墜落事件には累々と重ねられている、そう思えるのである。むろんのこと、沖縄に米軍基地がある限り、この殺戮の連鎖から逃れられるような人は誰もいない。

そうした死の繋がりを生々しい感覚として受け取りながら現場を後にして、混乱した思いを抱えたままに地元テレビの特番ニュースを見ていて、私は、愕然とした。「普天間基地返還がSACO合意の後に速やかに実現しなかった責任として、沖縄の人々の怠慢もある」と、たしかに軍事アナリストの小川和久氏がコメントしていたのだ。今更言うのも馬鹿らしいが、そもそも普天間をはじめ沖縄に米軍基地が集中するようになったことについて、沖縄の人間は一切の責任を持っていない。SACO合意に関しても、「辺野古移設」について、沖縄の人々がいつ合意したことがあるだろうか。一度も無い。

普天間返還と辺野古移設をリンクさせようとしてきたのは、日米安保の抑圧と矛盾を、沖縄に一局化しようとしてきた国と現県首脳と、そして小川氏のような軍事ナショナリストたちではないか。「辺野古移設を認めないならば、普天間返還は白紙に戻す」とかいった脅迫によって、あたかも基地問題が沖縄の人々の選択の問題であるかの如く語ってきた国の犯罪的な政治的無責任こそが、徹底して問われなければならない。

言うなれば、既に破綻しているSACO合意とは、アメリカや国・県が、県民に向かって、銃殺がいいか絞殺がいいか、決めるのは殺される側のお前たちの自由だ、早く選択しろ、と言っているに等しい。普天間基地存続も辺野古移設も、ともに決して受け入れてはならない選択なのであって、どちらに対しても完全な拒絶しかあり得ない。普天間の人が殺されるのと辺野古の人が殺されるのと、どっちが「ベターな選択」かなどという愚劣な議論など、成り立つわけなどないではないか。

――「「沖縄の連中はいい加減にせい」という声が出ているんです。「反対しか言わないのだったら、自分たちで解決策を示せ。それも出来ないのなら、野垂れ死にしろ」と、そこまでの声が出ている。だんだん怒り始めているのです。」――これは、一九九六年東海大学主催沖縄問題関連シンポジウムでの小川和久氏の発言である（『分析と資料　日米安保と沖縄問題』社会評論社刊、二七一ページ）。

沖縄に一方的に米軍基地を押しつけ、その解決策を沖縄の人々に一方的に要求し、そして反対の声に対しては、「野垂れ死にしろ」という脅迫を浴びせかける。こうした卑劣な「国民」の政治に支配されないためには、一貫して米軍基地の完全撤去の意志を表明し続けるほかない。そうでなければ、私たちはやはり「野垂れ死に」するしかないだろう。

暴力をふるわれ続けている犬は、その暴力から逃れる術を知りながら、逃げることができずにただ暴力を受け続けるような学習性無抵抗と呼ばれる状態に陥る。私たちが思い至らなければならないのは、私たちがいつの間にかこの学習性無抵抗の犬のような状態に陥っているかもしれないということである。

今度の沖国大への米軍ヘリ墜落事件が私たちに突きつけてくるのは、責任としての〈抵抗〉と言えるのではないか。繰り返し言えば、今度の事件には、これまでこの沖縄で米軍によって殺され国によって見捨てられていった多くの死者たちの記憶が宿っている。その死者たちの無言の訴えに応えることができるとしたら、普天間基地撤去、辺野古移設拒否、そして米軍基地の完全撤去以外のどのような意志の表明があり得るだろうか。他には何もない。

〈追記〉二〇〇四年八月一三日午後二時過ぎ、米軍CH－53Dヘリコプターが、沖縄国際大学一号館に衝突し、墜落、炎上。その直後から、大学に隣接する普天間米軍基地から米兵が多数大学に侵入し、墜落現場及び周辺一帯を封鎖した。米軍による軍事占拠はこの後七日間続く。沖縄県内ではこれを機に、米軍基地県内たらい回し政策批判の声が高まる。だが、同年九月九日、国は、辺野古沖にて米軍新基地建設のためのボーリング調査を強行。現在に至るまで、辺野古での反基地運動は多くの県民の支持を背景に続けられている。

資源化される沖縄の命

……二〇〇四年九月

見殺しという行為がいかなるものであるのか。そのことを米軍ヘリ墜落「事件」以後のひと月のあいだ、この沖縄で言いようのない不安のなかで感じている。常に予想され、その意味で既に先取られてもいる沖縄の人々の死は、いまや国家主権回復という政治ゲームのなかで資源化され、そして実際の死者が出なかったことでニュース素材として価値の低さを値踏みされ、ほぼ全ての本土メディアによってほとんど完全に黙殺されている。

八月一三日、沖縄国際大学に米軍ヘリが墜落する「事件」が起こって以後、沖縄では絶えることなく堰を切ったようにして、普天間基地撤去、辺野古への基地県内「移設」拒否、SACO合意という名の沖縄県内基地たらい回し政策の完全見直しへの、それぞれ切迫した命がけの反対の声があがっている。だが、その声は政府と国民いずれからも黙殺されている。しかも、この黙殺は、ただの政治的無関心ではない。無関心を装うこの黙殺のなかに、それこそ人種主義あるいは植民地主義としか言いようのない政治的暴力が発動していることに思い至る。

多数の死者でも出ない限り「沖縄問題」を決して自らの問題として思考することのないこの国のメディアは、自らが主導する犯罪的黙殺によって、この国が有事体制のもとで国民の死をその政治的日程のなかに既に織り込んでいることを隠蔽していると言うべきだろう。しかも、この黙殺の底流には、沖縄の人々の死を容認し続けてきた多数の国民の差別の心性が、ひたひたと流れ続けていると、そう思えるのだ。そして、この政治的見殺しのなかで、これまでもそしてこれからも、沖縄の人々は現実に殺されていくであろうし、そして沖縄の人々の死は、日本というこの野蛮な国の政治のなかで、リサイクル可能な死として、国家主権の回復というナショナリスティックな欲望の炎をたきつけるべき〈炭〉として、日々くべられていくだろう。

米軍ヘリ墜落「事件」から約ひと月という時間が経ようとしているが、あの日、墜落直後に現場に駆けつけ、そこで眼にした光景を私は忘れることはない。沖縄が今なお戦場でありつづけていること、そして「戦後」一貫して米軍占領下にある沖縄において、私たちにいかなる生存権もいかなる主権も保証されてなどいないということを、これほど如実に突きつけてくる事件はなかった。沖縄国際大学一号館の側面は一部をえぐられ壁は黒こげていて、その傍らに原形を留めていないヘリの残骸があって硝煙をあげていたが、沖縄においてはどこか既視感を覚えさせるそうした光景のなかでむしろ際だっていたのは、その事件現場一帯（むろん住宅密集地）を封鎖し一般市民や学生を排除し制圧する米軍の、法の制限を易々と踏み破っていく支配力であった。事件後、米軍によって県警が現場から排除され共同検証申請も拒否されたことに対して、県や国から、それが国家主権を侵害する行為だとする「遺憾の意」が表明されているが、私が目撃し、また多くの人たちが既に新聞紙上等で語っているように、警察は、米軍のやりたい放題を周りで取り巻いて事実上これを防御していたし、どこから湧いてきたのか機動隊はさらにその外延に立って、市民や大学関係者を威嚇しこれに対峙していたのである。

米軍の超法規的な軍事占領によって、まぎれもない「例外状態」がそこに出現し、ほとんど戒厳令的な法の停止がそこで現象化していたことは疑いようがないが、忘れてならないのは、その例外状態が、日本の警察や機動隊による「内戦」鎮圧的な動きによって創出されていたことである。そこで生起していたのは、国家主権の侵害というより、むしろ、国家主権による法の無効化という権力発動であったと言うべきだろう。

今度の米軍ヘリ墜落事件において看過し得ないのは、国家主権の独占する暴力が、一般市民をその制圧対象としていたということであり、米兵と警察が携帯していた銃が、市民にこそその照準を合わせていたということにほかならない。彼らの眼差しに捉えられた私たちは、あの場で、その死を先取られていたのだ。そして、くり返し言えば、沖縄に生きる者の死を先取りし、その死を容認し見殺しにするような、認識論的暴力としての人種主義が、そこに作動していたことは確かなことのように思えるのだ。言ってみれば、米軍基地に取り囲まれながらかろうじて生きている沖縄の人間は、あの墜落事件のとき、たまたま生き残ったというだけであり、あるいは、死に損なったというほうが正しいのかもしれない。

そうした意味で言えば、「事件」直後、防衛庁関係者から出された「死者が出なかったのは、不幸中の幸いだった」というコメント（『沖縄タイムス』八月一七日）は、この事件の基底に流れているすさまじい差別の深さと、沖縄の人々の死を先取りしつつそれを政治的交渉のカードにするこの国の政治のおぞましさをよく露呈させて余すところがない。かかるとき「不幸」とは、いったいどのような事態のことを指し、そして「幸い」とは誰にとっての「幸い」なのか。死者が出なかったと言うが、はたして本当に「死者」はいなかったのか。あの日あの事件現場で、米軍兵士の眼差しに捉えられ、機動隊の眼差しに見据えられた私たち沖縄の人間は、既に先取られた死を死ぬ者として、戦場というしかないあの光景のなかに貼り付けられたまま、その生を宙づりにされているのではないか。そうした存在に向かってそうした存在の様態を強いている国の責任者が、「不幸中の幸い」などという言葉を吐くことは、殺されなかっただけましだと思え、と言っているに等しい。

「死者が出なかったのは、不幸中の幸いだった」――この譬えようもなく残虐な言葉は、現実的な力となって、今またあらたな戦場の光景を私たちに突きつけてきている、誰もが沖縄のことに関心など持つことのなかったこのひと月という短い間に。ヘリ墜落事件からひと月も経たぬ九月九日、米軍基地撤去という沖縄の人々のぎりぎりの訴えの前にこの国が差し出した答えが、八年ものあいだ基地建設反対の座り込み運動が続いている辺野古への基地建設のためのボーリング調査強行である。「戦後」六〇年、戦後などありえない戦時下の沖縄の人間が生存の危機に晒されながら発してきた基地撤去の声が、県北部の辺野古地区への新たな基地建設という暴力によって封殺されようとしている、誰もが別のゲームに熱中していて沖縄どころではなかったこの夏のオリンピックの短い間に。

九月九日、辺野古の海を切り裂く何艘もの調査船と、その上空を死者を待ち望むように旋回飛行する防衛庁とメディア御用達の何機ものヘリを見あげながら、私は座り込みを続ける数百人もの人々をその射程に見収める眼差しをはっきりと感じた。その眼差しは、八月一三日、へリ墜落現場でそこに生き延び死に損なった人々に照準を定めていた米兵や機動隊のあの眼差しと同じである。それは、沖縄の人々の死を先取りし、その死を国家主権の駆け引きのなかに絡め取っていこうとする眼差しである。この眼差しが制圧する光景のなかで、人は、いかにしてその生を生き得るだろうか。たまたま生き延びることができたとしても、それが「不幸中の幸い」でしかあり得ないとき、沖縄の人間は自らの生をいかにして生きることができるだろうか。

死を死ぬほんの少し手前で、ほんのわずかな生の猶予を与えられている人間が、沖縄という小さな島で基地と基地の間のわずかな隙に身を寄せ合いひしめき合いながら、「次に殺されるのは私だ」と押し殺した小さな声でつぶやいている。その声たちが、聞き届けられることはないのだろうか。そして、絶望の淵に追いつめられたその声がふいに大きく反転し、自らに死を突きつけてくる力に向かって完全な拒絶を突き返し、国家主権の暴力を解体していく日が来ることを夢想することは許されないのだろうか。だが、沖縄県民の九割以上が普天間基地撤去そして辺野古基地建設反対の明確な意志を表示している（『琉球新報』八月二〇日緊急アンケート調査結果）いま、その声を黙殺することは、救いがたく愚かなこの国の首相や沖縄県知事、むろんその他の誰にも、決してゆるされていない。

差別政策への抵抗

……二〇〇四年一〇月

「この程度は大丈夫じゃないですか」──那覇防衛施設局の職員の発したその言葉に強いショックを受けたことを、中村桂さんは八月一五日付『琉球新報』の取材で答えている。米軍ヘリ墜落事故現場に隣接する中村さんの住宅には、事故当時、生後六ヵ月の赤ん坊と中村さんがいた。その家の中に墜落したヘリの破片が飛び込んできたのであった。奇跡的に難を逃れた中村さんに、その日の夜に訪ねてきた那覇防衛施設局職員が吐き捨てるように言ったのが「この程度は大丈夫じゃないですか」という言葉である。この言葉のなかに、この国がいま沖縄に対して行っている犯罪的な差別政策の残酷さが露わとなっている。

「戦後」沖縄は、現在に至るまで米軍の圧倒的な軍事力のもとで占領下にあると言えるが、この米軍占領下のもとで、本当に数えきれないほど多くの沖縄の人々が米軍犯罪の犠牲となってきた。そして、ヘリ墜落事件から時もたたないうちにまたも起きた一〇月四日のF15機事故でも明らかになったように、米軍基地があるかぎりにおいて、私たちの平和的生存権は一貫して踏みにじられているのである。そして今さら言うまでもないことだが、こんな土地は、沖縄を除いて日本国内のどこにもない。ただただ沖縄だけに、こうした危機が恒常的に押し付けられているのである。これは、あきらかな沖縄差別である。

しかも、ここで私たちは大切なことを見過ごしてはならない。それは、私たち沖縄に生きる者の生命を危機にさらし、圧倒的な暴力を行使し続けている諸悪の根源が、ただ米軍という殺人集団にのみあるわけではないということである。米軍だけではこうした構造的暴力を作動させ続けることはできない。その片棒を担い続け、沖縄の市民に軍事的圧政を強い続けているのが、他ならぬ那覇防衛施設局という日本国の出先機関であり、この防衛施設局そのものが沖縄の軍事要塞化を押し進め、そして私たち沖縄の人間の平和的生存権の根底を脅かし続けているということは看過されてはならないだろう。

その那覇防衛施設局の職員が、「事件」の当日の夜にそそくさと駆けつけてきて、不安におびえている中村さんに投げつけた言葉――「この程度は大丈夫じゃないですか」という言葉に、深い恐れと憤りを抱かないではおられない。感覚の麻痺といった言葉ではとうてい捉えることはできないほどの、想像を絶するほどの残酷さがそこには露呈している。国民保護を謳い文句にぶち挙げながら、その実、防衛施設局がしていることは、沖縄の軍事拠点化であり、そして膨大な米軍「思いやり予算」浪費と日米地位協定という名の治外法権を米軍に保障するための追従的軍事活動というべきであろう。

ヘリ墜落事件以後の一連の沖縄をめぐる混乱した状況の中ではっきりと見えてきたのは、まさに、国家の防衛の為なら、沖縄の人々の命など二の次だという、防衛施設局の軍事優先主義の姿勢そのものである。ヘリ墜落事件後、あたかもこの機を待っていたかのように、辺野古への新基地建設を睨んだボーリング調査を無理矢理強行し（市民の正当な抵抗によって大きく滞っているが）、そして、宮古下地島をはじめとする地域に、これまでは想像さえできなかったような多数の自衛隊員を配備しようとし、軍事的緊張を煽ろうとしているのが、防衛庁サイドの動きである。

こうした動きに明らかなのは、「国家防衛」という御旗のもとに、沖縄の人々の生命や平和的生存権をその根元から侵犯しこれを有事＝戦争状態の下に支配していこうとする謀略と言っていいだろう。そして、この軍事主義の根底には、沖縄の人々に対して多大な被害と損害を与え続けながら、「この程度は大丈夫じゃないですか」と平気で言ってのけることのできる残酷な認識と差別の心性が黒々と渦巻いている。

「この程度は大丈夫じゃないですか」――この残酷な言葉が、不気味なリアルさを湛えているのは、まさにその言葉のなかに、沖縄において、防衛施設局がいま着々と進めようとしてる〈不安による支配〉の原理が深々といきづいているからにほかならない。「これくらいなら大丈夫でしょう、基地負担だってまだまだ耐えられるはずだ、また耐えなくてはいけない、お金を貰えるんだから。少しぐらいの犠牲が何だろうか、辺野古に巨大な基地ができて、また米軍機が墜落しても、死ぬのは名護や辺野古の人たちに限られる。それくらいなら大丈夫でしょう」そうした恫喝の声を感じるのを、単に私の妄想と言えるだろうか。

県民の大多数（八月二〇日『琉球新報』緊急アンケートでは九三パーセント、九月一四日の『沖縄タイムス』・『朝日新聞』合同世論調査では八一パーセントの人々）が、明確に、普天間基地早期撤去と辺野古基地建設反対の意志を表明している。それにもかかわらず、その声を踏み砕き県民の意志を圧殺するようにして、何かに取り憑かれたように辺野古への巨大基地建設をすすめようとしている防衛施設局の暴力的態度には、明らかに沖縄差別の心性が潜在しているのである。

那覇防衛施設局職員の声は、いまだに暗く響きつづけている――「この程度は大丈夫じゃないですか」――そして、恐ろしいのは、その声を他の誰でもない、大多数の沖縄県民が表明している基地反対の声を代表しなければならないはずの稲嶺恵一県知事その人が、民意を握りつぶすようにして、やはり何かに取り憑かれたように唱和し続けている事である。稲嶺県知事その人が民意に背き続けているのである。

沖縄に生きている人間の命を、日米安全保障のための折り込みずみの犠牲として先取りし、さらなる基地被害に耐えることを要求するような、想像を絶するような差別的施策を、いま那覇防衛施設局が着々と進めていることは誰の目にも明らかである。

県民の九割以上の大多数が辺野古基地建設に反対しているにもかかわらず、その声を封殺し県民の意志を踏み砕こうとする国の暴力は、その違法なまでの権力性をむき出しにしている。

那覇防衛施設局は、金にものを言わせ、辺野古の漁民たちの漁船を調査船として徴用し、反対する地元の人々との対立構図をあえて作り上げて、あたかも、辺野古基地建設が、沖縄の人々の選択の問題であるかのごとく、沖縄内部の政治的対立を捏造し煽っている。国＝防衛施設局のやることと言えば、沖縄の人々の対立を煽り、反基地運動の豊かな広がりを振興策という名の金の脅迫によって引き裂く陰謀をめぐらすことばかりである。

だが、人々はもう気づきはじめているのではないか。「振興策」という金によって、頬をたたかれ、いっときの快楽を享受しようとしても、実は、ばらまかれた金は人々の日常生活を根本的に豊かにすることが決してないことを。辺野古に巨大米軍基地が万が一建設されるとしたら、たしかに想像もつなかいような莫大な金が動くだろうが、その金も結局は、既に予想のつく特定企業を通じて国に環流していくばかりで、沖縄の人々の生活がそれで真に豊かになることはないという現実に、多くの人が気づき始めているのである。

だが、そうした人々の意識の変革をこそ、いま最も恐れてい人たちがいる。しかも、自らの不正義と孤立に気づいているがゆえ、何がなんでも基地にしがみつこうと必死になって、沖縄の人々の反基地感情をなだめすかそうと、あの手この手の空手形を切っている人たちである。その中心に、偏執的としかいいようのない態度で辺野古基地建設を「粛々と進める」と言ってはばからない稲嶺知事がいる。

知事は、くり返し、代替案がなければ、辺野古「移設」見直しはあり得ないと発言しているが、そもそも、知事が、代替案の心配をする必要などどこにもない。よほど政府から脅されているのもしれないが、もしそうだとするなら、なおさらのこと、そのことを県民に訴え、県民の声を背景として、みずから先頭をきって県内基地たらい回しという沖縄差別の政策に完全な拒否を突き返すべきではないか。県民の代表として県民の声を正しく代表し、政府と談判し、県として県民の生命と人権と財産を守る以外に、知事に期待されているなにごとがあるだろうか。

「苦渋の選択」だの「ベターな選択」だのと何の具体的現実性もない言葉を鸚鵡返しのように繰り返すばかりでは、県知事としての責任を放棄しているに等しい。

だが、ここでも、人々は、既に誰もが気づいてる。知事が言っていることに何の正義もなく、そして現実性もないことを。普天間基地早期撤去のためには辺野古基地建設が必要だと言いつつ、それが十五年以上もかかるたいへんな長期工事になり、その間、普天間基地が今のまま存続されれば、取り返しのつかない大事故が必ず起きて多数の死者が出ることを、誰もが知っている。その点だけからいっても、辺野古基地建設という「選択」は全くあり得ない。また、米海兵隊が沖縄に駐屯する必然はどこにもなく、普天間基地の代替基地などいらないということも、アメリカ政府首脳はもとより、この国のあの首相でさえも、そして他の誰もが既に知っているのだ。このことは決定的である。

いま求められているのは、真実を語る言葉を持つ勇気である。真実を語る言葉など、どこにあるのか、そういう冷笑が聞こえてきそうだが、しかし、この状況のなかで、いよいよ深い真実の言葉を語り続けている人たちがいる。それは、まさに、稲嶺知事が一度も行ったことのないあの辺野古に行けば聞きとることのできる言葉である。

九月九日、那覇防衛施設局は、事前の通知を自ら偽り、大多数の県民の反対の声を封殺し、地元で既に八年もの反対運動に関わっている人たちの誠意を踏みにじって、ボーリング調査を開始した。そのとき感じた深い憤りを私は忘れないが、その憤り以上に、私は、その日のおわりに、基地建設反対の座り込み運動の中心を担ってきた平良夏芽さんが、涙ながらに語った言葉を忘れない。平良さんは、地元辺野古の古老たちに頭を垂れて、「ずっと座り込みを続けてきた、おじい、おばあ、ごめんなさい」と、泣きながら語った。

人の痛みを自分の痛みとして感じ取ろうとする誠実で深い感情が、いま沖縄の反基地運動の核心にある。そしてその核心は、揺ぐことはない。これ以上、基地を押し付けられるのは嫌だ、という切実な感情の広がりを止めることはできないし、そしてその感情の集約と高まりは、必ず政治を正しく動かすことになる。事実、政治状況は、動き始めている。いまこの時、基地建設を阻止することは十分に可能である。

基地を押し付けられることへ決然たる拒否を貫き、そして同時に、人の痛みを自らの痛みとして感じ取ることができて、人と人との繋がりへの信頼がたち現れてくるとき、新たな基地建設という破壊をくい止めることは必ずできるはずである。事実、辺野古で、そして県内・県外で、反基地の繋がりは大きく多様な広がりを見せている。その動きは、もはや誰にも止めることはできない。

沖縄をめぐる「対話」の困難のなかから

……二〇〇五年三月

対話への渇望に晒されながら、しかし、対話することの困難さに絡め取られ、沈黙の中に封じ込められようとしている。いま、沖縄という場を生きながら漠然と感じているのは、そうした、形になりようのない不安である。巨大な米軍基地に具現化される軍事的威力に圧倒され、そして日本という国家による植民地主義暴力に制圧されていることからくる生き難さを、必ずしも状況論的にではなく、また社会制度的抑圧としてでもなく、むしろ、自らの身体のなかの奥深い遠いどこかからふいに湧き上がってくる、おののきのような呼びかけとして感じ取ってしまうことが、やはりある。もう駄目なのではないか、もう取り返しがつかないのではないか、そんな声が、「私」の遠いどこかでこだましている。

そうした不安のなかで、対話への渇望はやみがたく沸き起こってくるのだが、しかし同時に、ありうべき対話への微かな願いが、ほかならぬ「対話」への参加を要求する声によって押し潰されようとしていると、そう感じることも否み難い。いま、沖縄で生きるということを、「対話」

をめぐる困難としてしか感知できない「私」がいることを、私自身認めざるを得ないのである。いま沖縄で生きるということにまつろう、不安や歓びや痛みや憤りを、言葉にすることは果たして可能だろうか。そして、そうした切なる言葉に近づき得たとしても、その言葉を人に伝えることは可能なのだろうか。こうして、対話は、対話への願いのなかで、ますます困難さを深めていくばかりなのである。

だが、この沖縄において、対話は、ことあるごとに要求されてもいる。と言うより、そのことだけが沖縄に生きる者たちに許されているたったひとつの自由でもあるかのように、「対話」は、強いられているとさえ言えるように思えるのだ。

去年の一二月、カナダ大使への栄転が決まって、沖縄を離れることになった第四代沖縄大使の沼田貞昭氏は、離任会見のなかでこう発言した。「米軍に常に抗議するのではなく、双方通行の対話をしていただきたいという気持ちを持っている。在日米軍人は日米安保条約のもと、日本とかアジアの平和と安全を守る使命をもっており、必要が生じれば自らの生命を危険にさらすことを覚悟している。彼らの立場に思いをいたしてほしい」（『朝日新聞』二〇〇四年一二月一二日）。

そもそも、沖縄大使という存在を、いったいどれだけの人が知っているだろうか。「国家を代表して他国へ派遣される最上位の外交使節。また、その外交官」（『大辞林』）というのが大使だとすると、沖縄大使は、沖縄における日本国の権益を守るために派遣された外交官ということになるはずである。事実、彼らは、既に現在の五代目大使に至るまで、この十年近く、沖縄で宣撫活動を続けている。その宣撫活動の主要な任務が、「日米地位協定」という治外法権の円滑な運用と、それに対する沖縄の人間の抵抗を日本政府の名の下に鎮圧することであることは、誰の目にも明らかである。しかし、その明らかな事を、誰も知らない。あるいは、知ろうとしない。この知らないでいられることを、多くの人に担保しているのが、「沖縄問題」という転倒的な認識の枠組みであることは論をまたない。「沖縄問題」という言葉のうちに刻印されている認識論的暴力によって、人は、今まさに傷つき苦しみのなかを生きている沖縄の人々に向かって「対話」を要求することができるようになる。苦しいのなら、「抗議」や「反対」ではなく、「対話」すればいいではないか、ということなのだろう。言うまでもないことだが、この沖縄大使の発言は、沖国大米軍ヘリ墜落事件そして辺野古沖基地建設の為のボーリング調査強行に対する、沖縄の人々の必死の抗議に対して投げ返された「対話」である。

この時、「対話」は、「日本とかアジアの平和と安全を守る使命をもっており、必要が生じれば自らの命をさらすことを覚悟している」米兵たちへと捧げられ、そして、彼らの利益を代弁する沖縄大使とその任命権を持つ日本政府へと差し出される、私たちの服従でなければならない。沖縄から飛び立っていき、ファルージャの人々を殺戮する米兵たちに「思いをいたし」、法を犯しイラクへ出向いていく日本軍兵士たちに「思いをいたし」、そしていま沖縄の辺野古の海を破壊しそこに巨大な軍事基地を造ろうとしているこの国の犯罪行為に「思いをいたす」こと、それが「対話」であるならば、私は、「対話」の場から遠ざかりたいと思う。この「対話」を認める時、私は私を少しずつ空しくし、私自身を抹消していくだろう。もし、こうした「対話」の場だけにしか、沖縄を語る言葉が見出せないのであるならば、もはや沖縄のことを語る必要などない。沖縄の軍事的植民地化を補完するという循環のなかでしか「対話」があり得ないのだとしら、私はまずなにより先んじて、この「対話」から逃れたいと思う。

そんなとき、いま抱き得る夢想は、「対話」なき対話にこそ賭けられなければならないのではないか、とそんな思いにとらわれる。言葉遊びをしようというのではない。共通の理解や共通の利害を前提としないで、この切迫した日常のなかで感じる痛みや悲しさを分かち持つことのできる場を、たとえば「沖縄」という媒介を通じて模索することができるのではないかと、そのことを考えたいと思っているだけなのだ。そして、その夢想の夢想にむけた動きが、同時多発的に作動し始めている事を、私は、昨年の八月一三日の沖国大米軍ヘリ墜落事件以後、この半年の間で感じている。「対話」という形式が孕む、非対称的で二元的な枠組を根底から揺るがしながら、辺野古の海辺で、那覇の街角で、そして東京のいくつもの大学の一隅で、人が人と出会い、ひそやかに、けれど心からの信頼を人々の中に探り当てつつ、「対話」なき対話を始めている。そこで、ささやかれ、つぶやきとなって溢れ出した言葉が、人伝えに伝播し、回流を始め、様々な人々を沖縄という場に繋ぎとめようとしている。ただ、軍事的暴力の一切を拒否し、植民地主義的暴力を解体することを夢想することにおいてのみ繋ぎとめられた人々が、沖縄を介して出会うための試みは、始められたばかりである。

沖縄戦を語る言葉の到来

……二〇〇五年六月

「ケラマ」という言葉の響き。ギリシャのとある河の流れを静かに写し続ける、ほとんど奇跡としか言いようのない映像のなかで、「ケラマ」というその言葉が、ふいにつぶやかれる。その刹那、人と人とを繋ぎとめていく記憶の大切な拠り所となって、沖縄戦の歴史が、現在に生き続けていることが証だてられる。その言葉は、つい先だって観る機会を得た、ギリシャのテオ・アンゲロプロス監督の新作映画『エレニの旅』の河の流れの果ての果てにおいて、つぶやかれた言葉だった。難民の小さな家族がギリシャ内戦で散り散りとなり、その果てに、戦死者となって自らの前に横たわる息子に取りすがる母「エレニ」を包み込むようにして、アメリカに渡り市民権を得るために従軍している夫からの手紙の言葉が、ささやかれる。――「一九四五年三月三一日ケラマ島。太平洋オキナワの二五マイル西の小さな島。愛しいエレニ。（略）この誰も知らない島で、黄色い河の泥のなかを銃をかついで進んでいる。もうすぐ六万の兵が死を覚悟で出撃する。オキナワは地獄だ」――

決して聞き取ることの出来なかったギリシャ語の響きのなかから、唐突に「ケラマ」という懐かしい響きがこぼれ落ち、「オキナワ」という言葉がささやかれる時、時空間を越えて、そして国家や民族や性の分離壁を越えて、現代史を貫く戦争の記憶が集積する場としての沖縄が、切実な痛みを湛えて、この時代のただ中にその相貌を顕らかにしてくる。そのことに、私は、渋谷の暗い映画館の一隅で打たれていた。「オキナワは地獄だ」――このギリシャ語が、この二〇〇五年、世界の様々な場所で響き、その奇跡のように美しく痛ましい映像に触れる者に、沖縄戦を生き直させるだろう。映画『エレニの旅』は、その旅の終わりに、戦争の記憶を留めるべき名として「オキナワ」そして「ケラマ」を召還することを通じて、それを観る者に、現代史のあらゆる戦争のなかにその影を落としている沖縄戦の現在を想起させようとしているのである。

知らないでいることは出来ない。無かったことにもできない。私たちは、一人のギリシャ系難民が、「ケラマ」という「この誰も知らない島」で、「オキナワは地獄だ」という現実に直面しなくてはならなかったように、南京虐殺に直面し、重慶爆撃やドレスデン爆撃に直面し、ヒロシマ、ナガサキの原爆に直面し、アウシュビッツ強制収容所に直面し、そして、多くの人たちが断崖から投身自殺していったサイパンのバンザイ・クリフに直面しなければならないだろう。これらの戦場で戦死していった人々そして生き残った人々を、私たちの今に呼び返すこと無しに沖縄における戦後六〇年という時間を生きることは出来ない。そして、あらゆる戦争の記憶を、沖縄戦の記憶の再生へと繋げていくことなしに、私たちは次の時代を生きることはできない。なぜなら、「戦後」という時間は、戦争によって無限に縁取られ続けているからであり、戦争の記憶を想起することなしに戦後という時間はあり得ないからである。戦後を生きるということは、戦争の記憶に晒され、その記憶を語り継ぐ一人の証言者として、自らが自らの歴史性を生き直すことなのかもしれない。

いま、戦争の記憶の継承が問われている。そして最も忌まわしい形で、戦争の記憶の歪曲と戦争証言（者）への否認がなされようとしている。だが、くり返し言えば、「戦後」を生きるとは、戦争の証言を聞き届け、そしてそれを語り直していくという応答の往還においてこそ初めて意味を持つ時間であるはずである。応答の責任が果たされるためには、何よりもまず、証言者の証言がただひたすらに聞き届けられなければならない。

そこで、私は、ここに、もうひとつの映像を呼び返したい。というより、その映像をじっと見つめていた一人の証言者のことを思い起こしたいと思う。二〇〇〇年三月に那覇の前島アートセンターで、クリス・マルケル監督の映画『レヴェル5』が上映された時のこと。スクリーンでは、数々の戦争ドキュメント映像がコラージュされていたが、その中でも特に慶良間諸島での「集団自決」で自らの家族を手にかけざるをえなかった戦時の記憶を静かに語る金城重明氏の映像が強く印象に残っている。だが、その時、私が真に圧倒されたのは、身じろぎひとつせずその映像を見つめていた金城重明氏の後ろ姿である。金城氏その人の真後ろに座っていた私は、金城氏の肩越しに『レヴェル5』のスクリーンに映写されている金城氏の証言する姿に向きあっていた。その時、金城氏は自らの証言を、一言も聞き漏らすまいと深く聞き入っているように私には見えた。私は思う。自らが語ろうとする証言を誰よりも深く聞き取ろうとしているのが証言者なのではないか、と。証言者とは、語ることを通じて、誰も語ることのなかった歴史の闇のなかに歩み出していこうとしている人であって、その闇を歩いていくためのか細い杖を求めて、言語化することの限界において証言を始めようとしている人なのではないか。その証言者たちの語る言葉の到来を恃《たの》み、その言葉に打たれることで、私たちは、今この時代の戦争の危機を知ることが出来る。大切なのは、聞く、ただそのことである。不意に届けられる「ケラマ」という言葉の響きがあるように、戦争を今に語り届ける言葉は今日もどこかでささやかれているはずだから。

反省そして抵抗の再創造

……

二〇〇五年一〇月

1

失われた一〇年、という言葉をよく聞く。どうやら、バブル経済破綻以後の、日本というこの野蛮な国家の閉塞した状況と出口無しの不況を嘆く言葉でそれはあるらしいのだが、そうした言葉にある転倒した心性を感じてしまうのは、私だけだろうか。たしかに、この一〇年で、私たちは本当に多くの大切なものを失ったには違いない。だが、失われたのが、経済成長や国の威信であるかのように語られているのだとしたら、それはおよそ倒錯と呼ばれるべき思い違いだろう。むしろ、この一〇年の間に、私たちは、国家や行政そして経済システムそのものによって多くのことを奪われてきたのであり、そしてこの前の衆院選でも明らかになったように、これからの一〇年、あるいは数十年で、私たちは、この社会政治状況のなかで、さらにかけがえのない多くのことを奪われていくだろう。

戦争放棄の誓いも既に破られ、イラク派兵という明らかに憲法違反の軍事活動が強行され、基本的人権など時代遅れの理念に過ぎないと言わんばかりに、警察権力と行政権力はやりたい放題の不法を犯している。「失われた一〇年」というならば、それはまさしく、私たちが、国家という暴力装置によってその生の基盤を奪われてきたということであって、そして忘れてならないのは、そのような国家の暴走を私（たち）自身が止められなかったという、その責任が厳然としてあるということにほかならない。そして、この沖縄においてこそ、そうした暴力が最悪な形で発動されていることはもはや言うまでない。

だが、こうして、国の、行政の、そしてそうした権力の暴走に加担している私自身の責任を問おうとする姿勢を自覚しても、なお「失われた一〇年」という言葉に深い転倒を感じてしまうのは、その言葉のなかに、この一〇年、私（たち）自身がふるい続けてきた暴力についての認識が欠如していることに思い至るからである。この一〇年、私たちは大切なものを失い奪われただけではない。この沖縄において、実は私（たち）こそが、この一〇年、多くの大切なものを、人を、言葉を、奪い続けてきたのではなかったか。

そうしたことを、今、私が私自身に問いかけなければならないと思うのは、ほかでもない、次のような問いかけが、私（たち）のもとに届けられているからである。本当に大切なことを奪われて、そのことを語る言葉さえも奪われてきたであろうその人は、想像することも困難な苦しさと痛みの淵から、次のような問いを投げかけている。

稲嶺知事、あなたは九五年一〇月に行われた県民大会の壇上にいらっしゃいました。あの日の気持ちをどうぞ思い出してください。まだ「たったの一〇年」しかたっていません。その一〇年間の間にも、どれだけの女性が犠牲になったかわかりません。それとも、振興策と引き換えなら県民の命や、人間としての尊厳を差し出すことができるのでしょうか。

私は被害者の一人として訴えます。私は、高校二年生のときに米兵によるレイプを受けました。学校帰りにナイフで脅かされ、自宅近くの公園に連れ込まれ三人の米兵にレイプされたのです。本当に恐かった。「もう終わりだ、自分は死ぬのだ」と思いました。何度叫ぼうとしても声も出せずにいました。そのとき米兵は「I can kill You」と言いました。「殺すぞ」ではなく、「殺せるぞ」と言ったのです。

（「拝啓、沖縄県知事　稲嶺恵一様」『沖縄タイムス』二〇〇五年七月九日）

二〇年前、この女性のなかで、「もう終わりだ、自分は死ぬのだ」という言葉が心の内に折り込まれ、そして彼女自身の心に大きな傷が残されたその時、私自身もまた一人の高校生であった。だが、この同じ沖縄にいて、同年輩の一人の女性がこのようにして、死の淵に追い込まれ、そして癒されることの困難な深い傷を負わされていたことについて、私は完全に無知であった。だが、その時、私は単に知らなかっただけなのだろうか。その時も、そしてその後、現在に至るまで、言語化することさえ困難な深い傷の中を生き続けている人たちが、この沖縄で生み出され続けている事実を、自らの痛みとして考えようとしたことが本当にあっただろうか。むしろ、私は、こうした苦しみのなかにいる人たちの存在を忘却し続けてきたのではないか、とそう思える。おそらく、沖縄に米軍基地が居座り続けているという不条理の根幹的なところに、こうした忘却があることは確かだろう。
このレイプ被害者の女性は、語ることの不可能性に直面しながら、なお、ぎりぎりの言葉によって、自らの身に加えられた二〇年前の傷の痛みを、一〇年前やはり米兵三人によって暴行を受けた少女の痛みへと繋げつつ、深い省察のなかから、忘却することの暴力そのものを問うている。そしてそのことを通じて、「失われた一〇年」という言葉の意味を、もっとも切実な場所から問い直しているのである。その問いを受け、この失われた一〇年をいかにして取り返し得るかという、さらなる問い返しを自らにむけていかねばならないのは、他ならぬ私たちであるはずである。

2

二〇年前、米兵三人から暴行を受けた一人の女性が、事件を語るという身を裂くような苦しい行為に踏み出していった重みを、今、私たちは、いかにして受けとめ、その問いにいかにして応答することが可能だろうか。軍事性暴力の生存者であり証言者であるこの被害者女性は、一〇年前のあの暴行事件を想起しつつ、そして一〇年前のあの県民大会を振り返って、切にこう問いかけていた。

米兵達は今日も我が物顔で、私たちの島を何の制限もされずに歩いています。仕事として「人殺しの術」を学び、訓練している米兵達が、です。稲嶺知事、一日も早く基地をなくして下さい。それは、県民の八〇％以上が望んでいることなのです。基地の県内移設に「NO」

と言って下さい。ここならだめ、あそこならOKということはありえません。なぜなら、事件の多くは基地の外で起きているからです。沖縄はアメリカ・米軍のために存在しているのではありません。

戦後六〇年、こうした問いかけが、それこそ無数に、無言のうちにあるいは小さなつぶやきとなって発せられてきたはずである。こうした声を、私たちは私たちの生の根底的なところに関わる問いかけとして聞き届けてきただろうか。答えは、否だと思う。少なくとも私は、応答責任を果たしてきた自分の姿をどこにも見いだせない。それどころか、こうした問いかけに対して、「一面的でバランスのとれた考え方とは思えない」と言い放ち、果ては米軍基地によって「日本の平和と安全がたもたれている」といったセカンド・レイプ的言辞を躊躇なく発言できる町村信孝外相のような人間を政治家として野放しにし、さらにいえば、政府に基地撤去を求めることさえ全くせず、基地の県内移設に対して全面拒否を明言することさえできない稲嶺恵一県政をのさばらしてきた政治的責任の一端を、私自身が負っていることは疑いようがない。

基地撤去を訴え続けそれを実現化していく過程なしに、暴力による支配という社会を変えることはできない。そして県内基地「移設」拒否という原則を実現していくプロセスなしに、私たち自身の生存権自体も確保され得ない。もし、基地撤去が実現化されず、そして県内基地「移設」が拒否され得ないのだとしたら、それは、沖縄に生きる私たちが私たち自身の手で、あのレイプ被害女性のような犠牲者を生み出しつづけ、そしてその人たちの声を蹂躙し圧殺していくこと以外のなにごとでもない。私たちは、この一〇年、そのことを問われつづけてきたはずではないか。問われているのは、基地あるがゆえの暴力にさらされた人々の訴えに応答していくことであり、そこでなされるべき応答は、基地撤去そして自衛隊配備強化を含めた一切の軍事主義に対する拒否以外にはありえない。

その意味でいえば、辺野古の基地建設反対運動は、この一〇年のなかで私たちが獲得した、最も重要な私たち自身による生の再選択であると言えるし、同時に、この運動自体が、何にもまして、基地被害者の人たちへの応答でもあると言えるだろう。

県民の圧倒的な支持を受けている辺野古の反基地運動が、事実上、日米両政府の当初の思惑を打ち砕き、ＳＡＣＯ合意の虚妄を破綻させたのは厳然たる事実である。これは明らかに基地反対運動の成果であり、米軍再編のおこぼれでそうなったのではないということは何度でも確認していいことだろう。こうした辺野古の基地反対の動きが、この一〇年の反省そして抵抗の再創造としてあり、そしてそれが世界的に見ても極めて貴重な試行に満ちていることは、たとえば阿部小涼氏が「海で暮らす抵抗」（『現代思想』二〇〇五年九月号）で指摘している通りである。私たちは、この反基地運動の粘り強さと柔軟さ、そしてそれを支える県民そして県民を越えた広範囲な支持の広がりを、今こそ再確認すべきだと強く感じる。

ところが、このところ、そうした動きをなし崩しにしようとする反動が起きている。岸本建男名護市長の迷走する浅瀬案受け入れ発言などにその特質が現れているが、これなどまさに、無責任きわまる丸投げであり、極めて陰湿な政治的取り引きとして、沖縄県民にさらなる被害を押し付け、暴力支配を温存させようとする日米両政府の軍事戦略の一端と言うしかないではないか。加えて、日本政府の言うキャンプ・シュワブ沿岸案も、これまた沖縄への永続的な基地一極化という差別政策以外のなにものでもない。

いったいなぜ「県内移設」なのか。このような差別がいつまで続けられるのか。県民の大多数が反対している基地たらい回しが、県民の意志を抹殺する形でなされようとするなら、そうした暴力を押し付けてくる国家そのものに対してNOという権利と責任を私たちは持っている。日米両政府による合意形成がどうであれ、それに対して私たちは私たちの意志を突きつけ、基地を拒否する権利と責任を持つ。今問われているのは、その実行以外のなにものでもない。

この「失われた一〇年」を取り返すためにも、そして何より、二〇年前暴行されたあの女性が問いかける、基地撤去以外に根本的な解決はない、という切実な訴えに私たちがいまようやく応答するためにも、米軍再編という政策論議を超えた私たちの意志を示す責任がある。今なされるべきは、日米軍事基地撤去、基地県内移設拒否の表明と実行以外にはない。

国家暴力に抗する

私たちが生き残るために……

二〇〇五年一一月

日本とアメリカは、戦後一貫して沖縄を軍事的植民地として蹂躙し続け、そしてそこに住む人間の平和的生存権を、圧倒的な軍事力によって暴力的に収奪し支配してきた。むろん、その支配収奪のあり方は手がこんでいて、振興策やら安全保障やらのまやかしで、沖縄に生きる人間をだまし、すかし、そして脅かしてきたのであった。

特に、一九九五年の少女暴行事件に端を発した島ぐるみ的反基地運動の高まりの後、日本政府は、北部振興策や島田懇による金銭ばらまきとSACO合意という名の沖縄への永久的基地集中化を謀り、その時々の県知事や市町村首長そして地域住民の一部を取り込みつつ、事実上、沖縄を憲法の適用外におき、特別措置法という法外な法によって、沖縄そのものを、「例外状態」的な無法地帯に陥れてきたことは、疑いようのない事実である。

そうした国家の暴力によって、「戦後」沖縄においては、レイプ被害者をはじめ、数限りない被害者が恒常的に生み出され、そして圧殺されてきた。たとえば、去年八月一三日の沖国大へリ墜落事件は、日米両政府による沖縄の軍事支配の共犯関係をあからさまに露呈させ、そして金まみれの事件沈静化という最悪の政治的談合をまたも招来してしまった。

だが、沖国大ヘリ墜落事件以後、沖縄の軍事植民地としての無法地帯ぶりは隠しようもない惨状となって、私たちが直面する危機的状況を明らかなものとしていると言えるだろう。

こうした沖縄の無法地帯化そして例外状態化を、これまで日本政府はさまざまな政治的粉飾によって巧妙に隠蔽してきたわけだが、ここに来て、小泉政権によるファシズム政治は、そうした隠蔽さえかなぐり捨てて、あからさまな沖縄差別政策と軍事主義的恐怖支配の本性を剥き出しにしている。もはや、この国家は、沖縄に関わる自らの暴力性と違法性をなんら隠そうとはしていない。やりたい放題の恐喝と鎮圧、なんらのためらいもない差別と切り捨て、それがこの国の沖縄政策の現在である。

今回の日米合意と特別措置法の動きには、そうした沖縄に対する国家の暴力が、これ以上ないほどはっきりと刻印されている。今回の、「日米合意」という名の沖縄の永久的軍事植民地化宣言と、特別措置法という違法な法による沖縄の例外状態化宣言によって、いまこの国は、沖縄へのいかなる政治的思慮もそして法的正当性をも捨て去ったと言わねばならない。

私たちは、ここで、日本という国家が、間違いなく大きな転換点を回りきったことをはっきりと見定めなければならない。国家の暴力は、既に危険水域を越えている。

もし万が一、今回の「日米合意」が実現されるとき、そして、公有水面に関する県知事権限の剥奪という特別措置法が国会に承認され立法化されるとき、沖縄は、この国のファシズム政治の最も悲惨な被害をその一身に受け、ずたずたに引き裂かれ、ついには、沖縄に生きる人間同士が分断され、極めて危険な対立に追い込まれていくことになるだろう。

国は、そうした沖縄の分断と沖縄の人間の内部対立を煽りながら、着々と基地建設を進め、日米軍事同盟の強化によって東アジア全体を非常に危険な軍事的緊張に陥れていこうとしている。こうした動きは既に沖縄をその危機の中心点としながら進行している。

私たちは、もう沈黙していてはいけない。だまされてもいけない（県が評価している海兵隊削減など、いまだに海兵隊が沖縄に駐留していること自体が異常なのであって、これを米軍の譲歩などと見誤ってはならない）。

私たちは、いま目を覚まさなくては、本当に取り返しのつかない事態に巻き込まれていくことになるだろう。なされるべきは、最も原則的にして最も現実的であるところの完全基地撤去の実現にむけて、市民的結合という無条件の連帯のなかから、今沖縄を圧殺しようとする「日米合意」と特別措置法の動きに対して、完全な拒否の意志を提示しそれを日米両政府に突き返すことである。

「日米合意」拒否そして特別措置法阻止のために、早急に全県的な合意を形成していく必要が今ある。これは急務である。既に、多くの人々がそれぞれの場で、そのための具体的方策、具体的日程、具体的戦術をめぐって多くの稔りある議論を始めている。

たとえば、迫り来る特別措置法の違憲性を問えるような新たな県条例の先制的な制定、ゼネストを含めた全県的な政治行動（私たちには、ゼネストをする正当な権利があることをいつでも想起する必要がある）、市町村議会から県議会に及ぶ「日米合意―特別措置法」拒否決議、そして、いうまでもなく、圧倒的な県民支持を受けている辺野古での反基地運動など、なされるべき方策はまだまだある。

こうした動きを活性化し総合化していくための知恵と実践がいまほど求められている時はない。それらの実践は、国家の暴力に抗して、この時代に私たち沖縄に生きる者が等しく生き残っていくために、不可欠にして最も大切な実践なのだと切に思う。

軍事支配の病理

……

二〇〇六年二月

キャンプシュワブの鉄条網を乗り越えてきた米兵たちが、辺野古の海辺でキャンプをしていた若者に襲いかかり、四つんばいの格好を強いて、浜辺に「ＳＯＲＲＹ」という文字を強要して書かせた、という事件。この事件については、幾つかのメディアでも報道されているが、この事件が突きつけてくるグロテスクなまでの加虐性と無法性に、いま沖縄が置かれている残酷な状況が、きわめて陰湿な形で投影されているように感じられる。無辜の市民に、四つんばいを強要し、「ＳＯＲＲＹ　ごめんなさい」と言わさねばならないまでの暴力に深く侵されている米兵たちの、支配者としての破壊的な欲望と不安が、そこに読み取れることは言うまでもない。だがさらに問題なのは、法を破って民間地に侵入し、沖縄に生きる人間に加虐的な暴力を行使し続けている米軍の存在が、日本という国家によって厳重に保護され、その無法が容認されているということである。

この沖縄において、米軍ヘリが大学に墜落しその現場を米軍が制圧し民間人に銃を向けてこれを威嚇しようが、米兵による性暴力が日常的に発動され多くのレイプ被害者が耐えることなく生み出され続けていようが、そのことに関して、日本という国家が、抜本的な解決を米国政府に迫ったことなど、一度たりともない。それどころか、沖国大ヘリ墜落事件時の米軍による沖国大周辺一帯の鎮圧について、当時の川口順子外相は日米地位協定上それを妥当と発言している。加えて、後継の町村信孝前外相に至っては、墜落現場を視察した際「パイロットは操縦が上手かった」と称賛したのみならず、二〇年前米兵によってレイプされた女性の切迫した基地撤去の願いの言葉が地元紙に発表されたとき、「日米安保条約で安全が保たれているのであって、その発言は一面的だ」とまで言い放つ始末である。

これらの事態が明らかにしているのは、国家にとっての「安全」の前に、沖縄に生きる人間の生存権など何の価値もないということである。日米地位協定における差別的法規への改定要求をことごとく握りつぶし、そのうえで、自衛隊と在日米軍との極めて危険な一体化による、沖縄の永久的軍事要塞化を着々と進めつつあるのが、この国の沖縄に関わる政治的暴力の明瞭な方向性である。その意味で、現在、沖縄という場所は、「日米合意」という名の軍事的脅迫の前で、自らの政治的意志をいかに発信することが可能かという、極めて困難な問いをつきつけられていると言えるだろう。

ここで忘れてならないのが、沖縄が軍事的抑圧という社会状況を変革しようとして、みずからの政治的意志を提示しようとする時、国は、あからさまな破壊工作と脅迫を仕掛けてくるということである。その最たる例を、私たちは、いま、辺野古沿岸に巨大米軍基地を建設するという「日米合意」に見出すことが可能である。これこそまさに、「合意」など一度たりともしたことのない沖縄の人々を、合意形成の場からに完全に排除しつつ、その「合意」によるありとあらゆる軍事的脅威にさらす、この国の破壊工作以外のなにものでもない。基地被害を受け入れこれに耐え続けろ、それを拒否などすれば……。拒否すればどうなると、国は言おうとしているのだろうか。沖縄を経済的に潰してやると、お決まりの脅しをまたも言うつもりだろうか。だが、既に沖縄は、国による「振興策」漬けのために、恐ろしく脆弱な社会体となってしまっているではないか。「振興策」という名のもとに、沖縄の経済的基盤を奪いこれを歪に変形させながら、そこから生じる貧困への介入を通じて政治的軍事的抑圧を正当化しようとする。まさに、この国がしていることは、植民地支配の手口というしかない。そうした植民地支配に対して正当な抵抗権を主張しようとする者に対して、日本そして米軍は、それこそ、「四つんばい」を強要し「SORRY」と言わせようとしているのである。この現実において、私たち沖縄に生きる者は、日米両軍の支配下のもと、誰もが暴力の淵に追い込まれていると言えるだろう。

沖縄の人々の生活そのものを豊かにすることなく、本土企業そして国に吸い取られていくばかりの「振興策」という名の金のばらまき。そうした国の謀略によって地域社会の分断と荒廃が進められ、そのあげくに、沖縄全体の基地要塞化が進められようとしている。言うまでないことだが、辺野古の問題は、辺野古そして名護市の人々だけにその苦難と解決が押し付けられるべき問題ではない。むしろ、辺野古の人々が感じている軍事的脅威にさらされる不安と痛みを、沖縄に生きる全ての人々が自らの不安と痛みとして感じ取ることが求められている。反省の契機はそこにある。名護市長選が明らかにしたのは、辺野古沿岸案を主張し何がなんでも米軍を県北部に集中化して沖縄そのものを分断しようとする国の政策の暴力性であった。こうした国のあり方への批判と抵抗において、沖縄に生きる人は、多くの点で繋がり得る。事実、「日米合意」に合意していないという声そして行動は、いま大きな広がりを見せつつある。「日米合意」という県内基地たらい回しに反対する意志表明にむけて、多くの人達が、柔軟で広がりをもった行動を始めている。そうした連携が、今ほど切実に求められているときはない。「今でなければいつ？」（プレーモ・レヴィ）。その言葉が、私たちを切に問うている。

日米「合意」と沖縄

……

二〇〇六年五月

SACO合意（普天間基地の辺野古沖「移設」という旧案）を破綻に追い込んだ事実。今、沖縄に生きる私たちが立ち返るべき事実として、これ以上大切なことは何ひとつない。今の沖縄において、私たちが確認すべき最も大切なことは、私たちの合意なしに決められたいかなる「合意」も、決して実現されることはないという、極めて明瞭にして正当な社会的原則を、私たちが私たち自身の抵抗において獲得したことだろう。

私たちが獲得したこの原則に、私たち自身が常に立ち返り、この原則をさらなる抵抗と批判へと繋いでいけば、沖縄にこれ以上のいかなる軍事基地をも作らせないという願いを、確固たる現実としていくことが可能である。つまり、県内基地たらい回しを目論んだ日米政府によるSACO合意を破綻させ、その国家暴力を阻止した私たちは、いまや、私たち自身の意志によって、いかなる「合意無き合意」をも完全に拒否することが可能であることを知っているのである。これは決定的に重要なことである。

いよいよ日米両政府によって、米軍再編の最終報告が「合意」されたが、沖縄の人々を完全に排除したこの「合意」には、沖縄の人々を剥き出しの軍事的脅威に曝す、ありとあらゆる暴力が書き込まれている。そこには、沖縄の米軍基地の北部地域への集中化、そして米軍基地の共同使用による、自衛隊と在沖米軍の一体化によって、沖縄全体が極めて危険な軍事要塞となっていく見取り図が露呈されている。

むろん一方で「八千人の海兵隊グアム移転」が、「沖縄の負担軽減」などと喧伝されているが、これなど端的な嘘と言うべきである。実質的部隊はそのまま居残るのであり、加えてそこに自衛隊という名の危険極まりない軍隊がすりかわるように駐留してくるのである。これが、日米両国による沖縄の軍事植民地化でなくてなんであろうか。

だが、いうまでなく、この「合意」について、沖縄は一度も合意していない。正しく言えば、こうした「合意」を拒否する姿勢において、沖縄に生きる人々の多数の意志が揺らいだことは一度もない。その意味で、日米両政府によって最終報告が「合意」されたとしても、それは、たんなる「絵に描いた餅」にすぎない。SACO合意という日米両政府の談合的合意がなにひとつ実現されなかったように、今回の「最終合意」も、沖縄に生きる人々が「嫌だ」という拒否を突き返す限り、決して実現することはない。なぜなら、沖縄に基地を建設をするかどうかを決定するのは主権者である沖縄の人々であり、その圧倒的多数が基地建設に反対している以上、主権者に従属する日本国家はその決定に従わなくてはならないからである。「外交防衛は、国の専管事項である」とかいった戯言《たわ》は、基地被害の一切を被っている沖縄の人々にとって何の留保にもならない。沖縄という一地域への米軍基地を集中させる差別政策を、「外交防衛」などという虚偽の言葉で粉飾できると考えているところに、この国の愚かさがよく露呈している。むろん、その空疎な言葉を鸚鵡《オウム》がえしにしている稲嶺恵一知事も、同じ愚行を演じていることは言うまでもない。

島袋吉和名護市長が、議会と市民を欺き、公約違反の滑走路二本案に勝手に「合意」したところで、その愚かな決定にいかなる政治的正当性もないことは、世論調査の結果が明白に示している。また、滑走路二本案を拒否しつづける政治的責任があるはずの稲嶺知事にしても、県民の意志を裏切って、滑走路二本案を黙認し「合意」を語り始める兆しを見せ始めている。私たちは、小泉首相との談合まがいの会談によって、知事が「合意」を言い出すことのないようその政治的動向を監視する必要がある。

言うまでもなく、私たちが有する平和的生存権は、いかなる行政権力や国家によっても侵され得ぬ権利である。それを国家が侵害しようとするとき、これを退ける権利を私たちは有している。なぜなら、国家は、私たちの総意に従属している一機関に過ぎないからである。国家がいくら「合意」という虚偽を語ろうとも、その「合意」が沖縄の人々のなんらの合意も得ていない以上、そこには一片の政治的正当性もない。そして、SACO合意がそうであったように、政治的正当性のない「合意」には、なんの実現性もないのである。

そろそろ日本という国家は、沖縄の抵抗の力から自らの限界を学ぶ必要があるのではないか。対テロ戦争に自滅的に突き進んでいく米軍再編の軍事的脅威を、国が一方的に沖縄に負わせようとするとき、沖縄は徹底的な拒絶と抵抗を示すだろう。その時、日米軍事同盟というシステム、さらに言えば国家というシステムそのものに根底的な亀裂が生じる可能性がある。

いま、沖縄が危機に直面していることは確かだが、その状況は、沖縄が、日米両国家にその危機を突き返していくチャンスでもある。その意味で、私たち自身が、国家暴力を拒絶することを通じて、いま沖縄が直面しているこの危機を、新しい政治を切り開いていくチャンスに転換していくことは、十分に可能だと、私はそう思う。

沖縄は「合意」の暴力を拒絶する

日本という「国家」からの離脱に向けて

1　合意という暴力

去る（二〇〇六年）四月七日の夜、沖縄県北部・辺野古岬の陸上・海上を埋め立てて、そこにV字型の二つの滑走路を持つ巨大な米軍新基地を建設していくという新沿岸案について、額賀福志郎防衛庁長官と島袋吉和名護市長が「合意」したというニュースが大きく報道された。沖縄に生きる人々をその合意形成の場から排除しつつ、抜き撃ち的な政治的野合によって合意なき合意が謀られることについて、私自身はどこか既視感すら感じていて、ひどく驚くということはなかった。また闘いの練り直しが始まると、そう漠然と感じたのが正直なところである。

奇妙な誤解が広がっているようだが、沖縄に生きる圧倒的多数の人々の意志が、「県内基地移設」拒否であることはこの十年揺らいでいない（四月一四日付『琉球新報』最新世論調査に拠れば、今度の「新合意」反対は七〇・八％、県内基地移設反対は七七・六％に及ぶ。また特に重要なのは、新沿岸案の「地元」名護市での拒否が県内で最も高率ということで、名護市での「新沿岸案」反対は八〇％以上である）。沖縄においては未だ嘗て一度たりとも合意などあったことはないし、逆に、沖縄は明確に基地を拒絶している。不思議なのは、そうした沖縄からの政治的意志の発信が日本社会に届いていないと見えることである。むしろ、日本社会は知らないふりをしてはいないか。

そもそも、「戦後」の沖縄において、沖縄に関わる根本的な政治的決断が、沖縄に生きる人々の選択や合意によって為されたことなど一度たりともない。二七年間にわたる過酷な米軍沖縄占領は、米軍に占領継続を願い出た裕仁の「天皇メッセージ」（一九四七年）を含め、日米両政府の野合的合意によって決まったのであり、沖縄を含めた旧植民地の全ての切り捨てを見返りに、日本国家が国際社会に復帰していくサンフランシスコ講和条約（一九五二年）もまた沖縄の排除によって成立した「合意」であった。そして、いわゆる「日本復帰」（一九七二年）もまた、沖縄からの「核抜き本土並み」という要求の一切を圧殺しつつ為された、日米軍事同盟に基づく政治的野合であったことは、今さら言うまでもない。

こうした政治的暴力として沖縄を制圧する「合意」は、とくに、この十年ほどの間、なりふりかまわぬ様相を呈しており、破壊的と言っていいような政治の行使となって、沖縄の人々に極めて差別的な暴力を及ぼしている。一九九五年の米兵三人による少女レイプ事件をきっかけにして、沖縄で大きな政治的うねりとなった反基地闘争と日米地位協定改定の要求を、普天間基地の県内移設という不条理なＳＡＣＯ（沖縄に関する特別行動委員会）合意によって押さえ込み、島田懇談会（沖縄米軍基地所在市町村に関する懇談会）をはじめとする振興策資金がばらまかれたのは周知の事実である。だが、言うまでもなく、この十年、どのような形であれ、それらの資本の投下で米軍基地の存在する名護市をはじめとする沖縄県北部地域の経済が活性化したということは全くない。むしろ、持続的に起きているのは、経済基盤と地域社会の破壊である。この間、県知事の基地代理署名拒否裁判を通して、日本政府は裁判係争中に、沖縄のみに適応される特措法成立を強行し、法による法秩序の破壊という「例外状態」化（ジョルジョ・アガンベン）を進行させながら、あたかも、辺野古沖への米軍基地建設案が沖縄の人々の「合意」に拠って成ったかの如き虚偽を政治的に演出してきた。

こうした沖縄の「例外状態」化を、日米政府は一貫して政治的隠蔽によって不可視化してきたのだが、二〇〇四年八月一〇日、沖縄国際大学への米軍ヘリ墜落事件によって、沖縄においては日本国憲法をはじめいかなる法も機能してなどおらず、そこでは米軍によるやりたい放題の法の停止＝戒厳令的占領が日常化されているということが露呈されたのであった。あの日、現場に駆け付けて見た光景のなかに、「合意」という暴力の最も先鋭化された危機が生起していたことを、私はいま痛みをもって想起することができる。この時の、武装米兵による燃え焦げている沖縄国際大学とその周辺一帯の鎮圧と封鎖を、川口順子外相（当時）は国会答弁において「日米地位協定上、妥当」と発言している。

その意味で、米軍による民間地占拠が、何らの法的制限を受けることなく、むしろ日本国家によって積極的に承認される、そのような暴力の行使される場として沖縄があるという事実に、沖国大米軍ヘリ事件は私たちを直面させたと言えるだろう。そこで私たちが見出したのは、あらゆる法権利の外部に投げ出され、あらゆる意味で無防備な形で軍事政治的脅威に曝されている沖縄に生きる者全ての危機的な生のありようであった。またそこには、日米安全保障条約という軍事同盟そのものによって、ありとあらゆる「安全保障」から疎外され軍事的脅威の暴力に曝されている沖縄の姿があったと、そう言うべきである。

この沖国大ヘリ墜落事件を期に、辺野古への米軍新基地建設反対の声が、圧倒的な県民世論の流れとなって今に続いているのは、沖縄に生きる人々が、等しく自らの生存権の再―獲得の必要を自覚し、そして、その生存権そのものを奪おうとする暴力の起源的な場にいかなる装置が作動しているのかを感知し、これに根底的に抗していく必要を痛感しているからと言えるだろう。だからこそ、辺野古での徹底した非暴力の反基地運動は県民そして県民の枠を遥かに越えた大きな支持を獲得し、その反対運動によって、事実上SACO合意を破綻させることができたのである。「合意」の暴力への、極めて敏感な拒否反応と強固な拒絶意志が、沖縄の人々のなかに培われてきていることを、国は知るべきである。いかに政治的野合を介して、地域首長を籠絡し「合意」を繕ったとしても、その合意にいかなる政治的正当性も無いことを、沖縄に生きるほとんどの人々が感知している。

いかに政府が名護市長を脅し丸め込んで「合意」に漕ぎ着けたとしても、それがSACO合意同様あるいはそれ以上の激しい拒否に直面することは必定であるし、沖縄という地域全体の拒否を受けてなお、新基地が建設されるという実現性があるとは到底思えない。既にして、合意なき合意は、沖縄においては極めて強い拒否によって突き返されている。「合意」という意志形成そのものへの不信と警戒において、沖縄の人々の選択は、新たな政治の模索を始めているのだ。

「合意してないプロジェクト」をはじめとする、非組織的、非系統的な人々のおよそ無条件な連帯が、「合意」への拒否において、政治的意志を集約するという新しい運動を作り出しているのである。むろんそこには、辺野古での座り込みに見られる柔軟にして粘り強い反基地運動への限りない共感があることは言うまでもない。その意味で言えば、沖縄では、いまや、「合意」という言葉は、既に不当性とともに想起され、その不当性とともに失墜しつつある概念（空手形）であって、その言葉からは政治的実効性が剥ぎ取られていると考えていいだろう。

2　不安のなかの日本

そうした沖縄での「合意」への冷ややかな反応と強固な拒否のありようと比較して見るに、いわゆる本土大手メディアの興奮と揺動ぶりは滑稽ですらある。むしろ、今度の「新合意」で驚かされたのは、『讀賣新聞』『毎日新聞』『朝日新聞』『産経新聞』といった国民的新聞のはしゃぎぶりであり、NHKをはじめとするテレビメディアの高揚した喧噪ぶりであった。これまで、沖縄に関わる困難な政治問題へのほとんど鉄壁の無関心に自らの政治的信念を賭けているとさえ見えていた主要メディアが、「新合意」の翌日には、この日を待っていたと言わんばかりの勢いで「合意」の言葉を連呼しているさまは、これを沖縄という場から見るとき、端的に言って異常であった。私が感じた異常な感じは、敢えて言うならば、今この日本という国を覆っている或る病理を見出した感覚に近い。

沖縄に関わる時、日本という国家そして国民は、自らが抱える奇態な不安に曝されている。その病根を、主要メディアの報道のなかに見出すことができるように思えるのである。何が何でも、沖縄からの「合意」をとりつけなければならないという焦慮と不安。「合意」を取り付けたにもかかわらず、その実「合意」に実効性や正当性が無いことに気づいているがゆえに、いかにしてその「合意」に変わる代案を提示したら良いのか、その事を知り得ぬ恐れ。そうした不安や恐れのなかに、この国が、いま、沖縄という他者との直面において、自己像の破綻に直面しつつある危機が露呈している。

たとえば、次のような言説はどうだろうか。『讀賣新聞』四月八日の社説「早期移設へ着実に作業を進めよ」は次のように書いている。

中国の軍事力増強などで、地域の安全保障環境は不透明さを増している。在日米軍の再編は、北東アジアから中東に至る「不安定の弧」を視野に入れたものだ。こうした情勢の下で、沖縄の基地の重要性は一層高まっている。使用期限「一五年」という制約があっては、安保情勢の変化に対応出来なくなる恐れがある。日本全体の平和と安全に関わる問題だ。普天間飛行場移設の地元合意は、在沖縄の米海兵隊約八〇〇〇人のグアム移転の前提であった。海兵隊のグアム移転は沖縄県の負担軽減となる。稲嶺知事にとっても望ましいことではないか。（略）日本や地域の平和のために日米同盟を強化する上でも、政府は、責任を持って問題解決を急がねばならない。

『讀賣』お馴染みの恫喝的言辞に溢れた陳腐な文章だが、このなかで注目したいのは、安全保障において「不安定さを増している」場所を、「地域」という極めて曖昧な言葉でしか示し得ない、その認識の限界である。「日本や地域の平和のために日米同盟を強化する上でも」、政府は、沖縄の反対運動を鎮圧し早急に辺野古に基地を作れ、というのがこの社説の趣旨である。だが、

「日本や地域」という言葉の哀れなまでの「不安定さ」もさることながら、その日米同盟によって守られるべき「地域」がいったいどこなのか、この社説はそこを書けていない。

だが、それは当然である。米軍再編は、特定の「地域」など想定していない、なんでもありの対テロ戦争を名乗る無限定な国家テロ謀略なのであって、この米軍再編において自衛隊の全てを米軍の統合下に置くことを昨年十月の「日米同盟―未来のための変革と再編」で「合意」した日本国家は、それこそ世界中の全「地域」における米軍の戦争に巻き込まれざるをえない事態にまで陥っているのである。

だからこそ、「使用期限「一五年」という制約があっては、安保情勢の変化に対応出来なくなる恐れがある」という極めて率直な不安が露呈されてくるのであって、もはや、どの国が敵でありどこが戦地でありどこが安全地帯なのか、分明なことは何一つないことを、この「社説」は明らかにしているのだ。この不可知な「安保情勢の変化」を、せめても想像的に固定せんがために、中国の脅威が言い募られその防御として沖縄が差し出されているに過ぎない。佐藤学が既に指摘しているように「沖縄の米軍基地は、もし中国脅威論が現実化したら使い物にならない」(「日米「合意」と沖縄自治の危機」『インパクション』一五〇号)以上、「沖縄の基地の重要性」を地政的な視点から語ること自体がそもそも不可能なのである。

たとえば、沖縄の海兵隊が八〇〇〇人グアムに移転されるかもしれないということをして、米軍の譲歩や日本政府の交渉成果あるいは「沖縄の負担軽減」などと喧伝されているが、これなど論理の転倒の最たる例である。米軍総司令官は、在沖海兵隊の存在理由を問われて「駐留事実が存在の理由」(『琉球新報』二〇〇五年一一月八日)と答えているが、これは海兵隊の沖縄駐留に根拠などないことを米軍首脳が認めていることの証左である。そもそも存在の必然などない海兵隊のその一部分が沖縄から移転することを、「沖縄の負担軽減」などと恩着せがましく呼ぶこと自体が詐術的レトリックに他ならない。むしろ、海兵隊に在沖してほしいのは、日本国家なのではないか。

その点、国家を代弁しているかの如きこの『讀賣』社説に溢れている「恐れ」は、むしろ正直である。この社説自体が、自ら言うところの「日本全体の平和と安全に関わる問題」を沖縄に限定的に背負わせようとし、この国が米軍再編によって「平和と安全」の危機に巻き込まれていく事実から逃避しようとする不安に貫かれていることがよく分かる。この記事の背後から、自ら招来しそして自らが曝されている軍事的脅威を、沖縄との捏造された合意のなかに押し隠し、その現実から逃避しようともがく、日本という国家の悲鳴が聞こえてくるようである。

こうした隠された不安は、たとえば、『毎日新聞』四月九日の社説「名護市の決断を重く受け止めよ」のなかにも容易に見出すことが可能である。

政府案に合意したことへの風当たりが強いかもしれないが、島袋市長は修正案移設に合意した以上、地元に丁寧に説明し、反対派住民の説得に全力を挙げてもらいたい。

いかなる立場を代表したら、こうした摩訶不思議な要求が提示できるのか、まったく理解し難いが、少なくとも、この「社説」が、黙って合意を呑んでくれ、と、沖縄に懇願し沖縄を脅していることだけは分かる。ここで重要なのは、沖縄でなんらの合意も得ていない名護市長の公約違反である決定を「合意」として強調し、それを既定事実化しようとして焦慮するこれらの言葉のなかに、沖縄の合意無しには、自らの安全が何一つ保障されていない不安に曝されている者の、反転された暴力の作動を見出すことである。

このとき私たちは、「合意」という言葉に隠されている、起源的暴力を見定めることができる。強制された合意に関わる暴力の痕跡を今回の「新合意」に見出し、さらには、沖縄と日本の関係の根幹に作動し続けている合意の暴力を明確に見定めていくことが、いま求められている。

3　沖縄の日本国家からの離脱にむけて

「新沿岸案」に対する島袋名護市長の、公約違反の政治的正当性を完全に欠如した「合意」に、政府やメディアあるいは国民がある種の称賛と承認を寄せているありようの裏面に、実は、己が沖縄から見棄てられるという国家・国民の隠された不安があるのではないか。そうした思いに私はふとかられる。「合意」を完全に拒否され、米軍新基地が沖縄で建設されることは不可能かもしれないという、極めて現実性の高い予想を前にして、むしろ、この国は、沖縄という「地域」が、日本の一地域であることから離脱し、自らの政治的意志の結集によって国家暴力に根源的な拒絶を突き返してくるのではないか、と、そのことをこそ恐れているように思えるのである。沖縄が拒否を貫く時、日米安保条約というそれ自体危機的なシステムに大きな亀裂が生じ、さらには国家という制度そのものに危機が生じる、そうした当然の不安に苛まれるがゆえに、合意なき合意を躍起になって言い立てているのが日本という国家なのではないかと、私はそう思う。

むろんのこと、こうした国家の不安と対応するように、国家から棄てられるかも知れぬというこれまた現実的不安を沖縄の少なからぬ人々が持っていることも確かだろう。だが、いうまでもなく、近代以降、沖縄は繰り返し何度も日本国家から耐え難い暴力を被り、そして棄てられてきた植民地的歴史を持っている。こうした沖縄と日本の互いへの不信と恐れのなかで、「合意」は、むしろ共依存的に作動してきたとも考え得るかもしれない。

こうした沖縄と日本国家の共依存的関係を、たとえば、ドメスティック・バイオレンス的暴力の構図として捉えることも、いっけん可能なように思われなくもない。暴力「主体」と暴力被害者の馴れ合いのなかで、暴力は反復強化され、加害者と被害者、双方ともが暴力の誘惑に呪縛されてしまう。そのような関係の類似性のなかに沖縄と日本を見出すあり方は、だが、沖縄に関わる暴力を、ドメスティック Domestic な関係、つまり〈家庭＝国内〉的な関係の中に回収してしまい、その暴力の基底にある、国家そして国家間の軍事覇権を不問にしてしまう危険をはらんでいる。むしろ、沖縄に関わる植民地主義的暴力は、ドメスティックな関係のなかに回収され得ない、国家間合意＝同盟的暴力の地平において批判的に思考されなければならないはずである。

そしてこの合意の暴力は、少なくとも、沖縄―日本―アメリカという三項の力関係のなかで、沖縄を取り込みつつ同時に排除する力そのものによって日本とアメリカの軍事同盟が維持強化されていくという、国家と国家の間のホモソーシャルな男性中心主義的絆（セジウィック『男同士の絆』）をめぐって作動している。だからこそ、沖縄から為されるべき抵抗は、国内問題に収斂され得ない、「同盟」という男性中心主義的国家間の合意形成そのものの解体へと向かう実践である必要がある。日本という国家への拒否は、日米軍事同盟への拒否とともに開示されなければならず、そして日米軍事同盟への拒否は、アメリカという軍事覇権国家への拒否とともに表明されなければならないはずである。沖縄という例外状態的領土を戦場化することによって、国家的同一性を維持し続ける日本とアメリカ双方の国家暴力を批判していかねばならない。

日本という国家が、米軍という無限定な暴力装置を介して、沖縄を支配し蹂躙しその自主的政治の可能性を奪い取ろうとする限り、沖縄はその国家間同盟の暴力に対して徹底的な抵抗を実践する権利を有し、国家からの離脱を含めた一定の政治的意志を示す必要があるのではないか。たとえば、それこそ、憲法九条の定めるところによって、在沖縄米軍の完全撤去と、強化されるばかりの国軍たる在沖縄自衛隊の全ての撤去を沖縄の名において命じ、もしその正当性が国家によって退けられるような場合、沖縄は、憲法九条の理念そのものにおいて、日本という国家の違憲性を指弾し、この死に体同然の国家から離脱するという選択を政治的に具体化していくことを考える必要があると、そう考える。

しかも、そうした実践は、沖縄独立あるいは別の国家の建設といった形とは全く違う、反国家的社会の形成という方向への模索であるべきであり、沖縄人対日本人という民族的・人種的カテゴリーの焼き直しなどといった短絡的思考への回帰などであってはならないはずである。なぜなら、それが対抗的主体である限り、「沖縄人」はついに「日本人」という基準から逃れられぬ反動に過ぎなくなるし、さらに言えば、沖縄人対日本人という分かりやすい相互依存的対抗性を必要としているのは常に国家であると、そう考えるからである。この手の分断や不均衡への不満を利用しつつ自らの同一性を制度化し、そして自らの周縁部の抗争を恒常的に再生産しつつつ、そうした抗争への介入を通じて自らの延命と拡大を図っていくのが国家とは言えまいか。

その意味で、このところ良く目にする、基地の平等負担という倒錯的要求における日本人と沖縄人の対立の先鋭化の主張（野村浩也『無意識の植民地主義』、知念ウシ「なぜ基地の平等負担ができないのか」『世界』二〇〇六年一月号、桃原一彦「「祭しのよい無関心」と日本人／沖縄人」『世界』同四月号など）は、機会や権利の要求ではなく基地負担の平等要求という、日米安保そして米軍そのものを不問に付す方向性において、現在進行しているネオリベラル的制覇に棹さす退行的思考に陥っており、それが日本社会の沖縄に対する構造的差別への批判として、切迫した位置から提出された思いであることを鑑みても、その差別を「日本人」という極めて不確かな一般性の心性の問題に回収することで、日米双方に関わる国家暴力そのものへの批判を回避してしまっていると言わざるを得ない。

むしろ、こうした議論の基盤にある、日本と沖縄の関係を、国家と地方、あるいは全体と部分という相補的関係のなかに回収していくような閉鎖的認識そのものを根底から刷新し、沖縄の日本国家からの離脱を通じて、今現在日本国家の構成員である沖縄に生きる私たち自身を含めた「日本人」を、その制度的解体へむけて導いていくシフトにこそ思考と実践の重点を置き直すべきではないか。

その時、沖縄から日本にむけてなされるべきことの中心に、ともに国家を廃棄していく協同作業への呼びかけが再発見され得るように思える。この点において、一九七〇年前後に沖縄から提示された多くの反復帰論・反国家論の学び直しと再評価は、緊急の課題だと思われる。

沖縄に見捨てられ、そして自ら日本国憲法を捨て去ろうとしている日本国家によって、そこに生きる、国民に限られない多くの人が政治難民化する時が近づいているのかもしれない。その難民たちをこそ歓待し、国家に拠らない社会を共に作る作業を通じて、沖縄を生きる私たちもまた、制度的「合意」から離れた新しい政治の繋がりのなかに自らを見出していくことができるだろう。その意味で、強制された「合意」を、沖縄と日本と双方向からの応答的連携によって破砕していくことは、いままさに、緊急の課題と言わねばならないはずである。

あとがき

　どんな些細な感情や思考であれ、それを言葉にしようとするとき、その言葉を読んでくれる人がいるかもしれないことを期待しないではいられない。こうしてこの「あとがき」を書いているいまも、私はすでに何人もの人達のことをあれやこれやと考えているし、この「あとがき」を読んでくれるかもしれない人達がこれをどう読むだろうかという気がかりに、すでに深く囚われてもいる。つまり、見知らぬ人を含めて誰かがこの言葉を読んでくれるのではないかという、全く根拠のない思い込みがあって、はじめて私はようやく言葉に向かえるようなのである。

　当たり前と言えばこれほど当たり前のこともなくて、そんな事を、ことごとしく書く必要などないということも、これまた当たり前のことに違いない。けれど、その事を、こうして書くのは、この当たり前と思えていた事が恐ろしく幸福な偶然に依拠しているのだということを、否が応でも痛感させられるという、これまた全く個人的な出来事に私自身が囚われているからにほかならない。

　去年二〇〇六年八月五日に、岡本恵徳先生が亡くなった。戦後沖縄を代表する文学研究者・思想家であり、同時に、住民運動や裁判闘争支援に絶えることなく関わり続け、戦後沖縄の困難な状況との対峙のなかから多くの批評を書き継がれたのが岡本恵徳という表現者であった。享年七一歳。『現代沖縄の文学と思想』『沖縄文学の地平』『「沖縄」に生きる思想』をはじめとする著作で、その思索の振幅を知ることができる岡本恵徳というひとりの表現者は、しかし、近くで接していると、度を越している（？）と思えるほど穏やかで誠実な人だった。大学に入学して初めてお会いしたのが一九八五年のことで、私はと言えば、先生が新聞や雑誌に文章を発表されるたび、まるでそれが自分に向けてのみ書かれているかの如く錯覚しまくり、あれやこれや言いたい放題の議論をふっかけるばかりのチンピラ学生であった。そして、そのチンピラにお茶を淹れ、いつ果てるとも知れぬ世迷い事を静かに聞いてくださるのが岡本先生だった。それから二〇年以上の時間が経ってゆきあたるのは、読んだり書いたりする私の日常に、つねに岡本先生という媒介が在ったという端的な事実である。私が書き散らしたものについて、先生が何か感想をおっしゃることはなかったが、それでも、先生が読まれるかもしれないという意識から自由ではなかった。

その岡本先生が亡くなって、一年と少しが経過した。この一年あまりの間、いくつか文章らしきものを書いたが、その所在無さといったらなかった。ひとりの読み手が存在するということが、書くという行為にどれだけ大きな作用を与えるかを、まったく遅まきながら知り始めているのである。一度だけ、需めに応じて短い追悼文を書いたが、それこそ全く奇妙なことに、その文章を書きながら、岡本先生がこれをどう読むだろうかということが気になっていた。つまりは、亡くなった岡本先生が読むかもしれないという、私自身が全く信じることのできない状況を仮定しないと追悼文一つ書けないのである。むろんのこと、この追悼文について、岡本先生からは、例によって何の感想も聞くことは出来なかった。そのことだけが、救いと言えば救いである。つまるところ、岡本恵徳という、ひとりの潜在的な読み手の死を通じて、書くということが、読み手への囚われに屈服することであり、同時に、ひとりの読み手の後ろに、数量に還元できない茫漠とした読み手の広がりを感覚するにほかならないことを、ようやく私自身が少しずつ感知しはじめたということらしいのである。まったく、今頃になって、である。

岡本先生の死を通じて知ったのは、つまりは、読んでくれるかもしれない誰かがいることへの全く無根拠な希望があって、ようやく書くことができるということであったと言えるかもしれない。そして、この本に収められた文章は、そのような根拠のない希望というか信頼というか、とにかくそのような不確かなものだけを頼りに書かれた痕跡であったのだと、いまにして思い当たる。過去四年の間に書かれた切れ切れの文章のなかから、幾つかのテーマの下に纏められそうなものを集めて成ったのがこの本だが、それらを書いていたこの四年の間、沖縄は揺れた。その揺れは、ほとんど言葉にするのが困難なほどで、こうした激動のなかにあって、自ら書く言葉そのものに苛立つということも多々あったことも確かである。

しかし、同時に、揺れる沖縄にあって、言葉を求めることはなんとしても必要なことと思われたのも確かなので、根拠がなくとも誰かが読んでくれるかもしれないという希望を持つしかないところで言葉は切に探し求められたのだった。今何かを言わなければ、今書かなければ。でも、もう取り返しがつかないかもしれない。いや、もう手遅れだ。けれど、もしかして。書けば、誰かに届くかもしれない。でも誰に。誰かに。どこの。どこかの。どんな言葉で。とりあえずの。というように、文字通り無闇に言葉を探した数年間であったが、そうした行き当たりばったりの試行のなかでも、二〇〇四年八月一三日の沖縄国際大学米軍ヘリ墜落事件の光景とそれから一月も経たぬ九月九日の辺野古沖ボーリング調査反対の海辺の集会の光景だけは、繰り返し何度も思い返された。何かを書こうとするとき、常にこの二つ光景が想起されたのだが、そこで見たのは、国家そして国家間同盟が有する暴力のおぞましさと、そのおぞましさに対して人々が抵抗し得るという、その抗争以外ではなかったと今にして思う。

この間、日本という国家そして日米軍事同盟が沖縄に対して行ったことは、誇張でもなんでもなく、戦争行為であった。今年二〇〇七年五月、日本政府が、米軍新基地建設に反対する完全な非暴力による市民運動が続いている辺野古沖に、海上自衛隊掃海母艦「ぶんご」を投入した事件は、沖縄へのそして沖縄に繋がるすべての平和運動への日本国による宣戦布告であったと言えよう。国家が内戦を煽り、その内戦を鎮圧し、内戦そのものを隠蔽する。そうした蛮行の繰り返しのなかで、沖縄は激しく揺さぶられ、いまやそこに生きる人間は奇妙な対立を演じさせられている。米軍基地の国内国外への移設かそうでなければ基地誘致か。私にはいっけん対立しているかに見えるそれらの議論が「米軍再編」という恐ろしく危険なビジョンを前提とした相似的な主張のように思えるし、そうした議論の場からは、国家や軍隊そのものの廃棄という夢想が予め排除されているように思えてならない。そうした疑念に囚われている私にとって、一九七〇年前後の沖縄において開示された反復帰論・反国家論の思想が、これ以上なく現在的な問いとなって読み返されてきたのは、あるいは必然であったと言えるかもしれない。

その意味で、岡本恵徳や新川明の批評、そして新城貞夫の短歌は、私自身が今現在において感知している不安や焦燥あるいはわずかな希望を言語化する際のかけがえのない拠り所とさえ思われたのだし、だからこそ、これらの言説に突き動かされてはじめて、反復帰・反国家の現在という主題を模索することができたと言えるだろう。とくに、私にとって、これら反復帰・反国家論が極めて示唆的だと思われたのは、これらの言説のなかで、「日本復帰」そして「国家」の代案がほとんど示されていないということであった。さらにいえば、反復帰論・反国家論は、「復帰運動」や「国家」との対立的関係のなかにみずからを必ずしも固着化せず、沖縄という前提からさえ自由になる瞬間もあると、そう読めるのである。この逸脱と脱臼をみせるとき、反復帰・反国家論は、国家を前提とした正反合的な思考的運動から少しく自由である。この思考の自由こそが、あの困難な時代において沖縄を生き延びるための武器ならぬ武器となったにちがいないと私は思う。そして、私自身そのことを学び直したいと願って幾つもの文章を書いてきて、結果としてこの本にゆきついたのである。そこに通底しているのは、国家にまつろわぬ人たち、あるいはまつろえない人たちへの信頼である。たとえば、新城貞夫という歌人は、はたしていかにして短歌という形式を選びとり、そして短歌という形式に取り憑かれながら、なお、そこに反国家の思索をこめるという矛盾した営為に自らを追い込んでいくことができたのかといった、そのような問い（信頼）だけが、見も知らぬ新城貞夫という歌人への私の尽きることのない関心を作りあげたのだったし、又吉栄喜の『ギンネム屋敷』という小説のなかで殺され遺棄されていく「従軍慰安婦」の「小莉」の声なき声の到来だけが、この小説への錯綜したこだわりを生じさせたのだった。

いったい、これらの言葉は、誰かに読まれることを確信して書かれたのだろうか。もしかして確信などなかったのではないか、と、私は勝手に推測している。だが、どこかでいつか誰かに読まれるという無根拠な信頼に基礎づけられて、これらの反復帰・反国家論や短歌や小説は書かれたのではなかったか。これらは、返答を期待できない言葉の投げかけであって、それゆえにこそ、沖縄を到来する時間のなかに開示しえる言葉のつらなりとなりえているのではないか。

そのような言葉に繋がりたいという身の程知らずの希望をもって、私もこの本を読み手のまえに差し出したいと思っている。ただし、この希望には、くり返し言うと根拠がない。だが、いま沖縄で何かを感じ何かを実践し何かを言葉に託すということに、確固とした根拠など求めようがないのではないか。だからこそ、投企あるいは投棄として、言葉を開示するしかないのではないか。そのような奇妙な思いに突き上げられるようにして、この四年のあいだに、沖縄のいくつもの場所で、あるいは東京のいくつかの場所で、なぜかソウル大学やプリンストン大学や台湾東海大学そして台北の素敵な茶館の地下で、何やらしゃべったり、そしてなにより職場近くの Café Mofgmona（モフモナ）にいりびたって、大切な人たちと言葉を交わしてきた。そして、沖国大へリ墜落事件後、在沖縄米軍基地永続化宣言たる「日米合意」という政治的軍事的暴力に根底的に抵抗するべく様々な試みに参加してきたのだった。ゆるやかなネットワークとなって生み出された「合意してないプロジェクト」や「連続ティーチイン沖縄」あるいは「アジア・政治・アート」プロジェクトといった集まりに参加し、素晴らしい仲間達と出会い、音楽やアートや映画やそして文学を介すことによって、政治や抵抗という実践を自らの日常のなかに息づく働きとして感受できたことは大きな歓びだった。こうした出会いは、かけがえのない経験であり、こうした繋がりのなかに私を呼びとめてくれている仲間たちに、ここでひとりひとりの名前を挙げることができないお詫びを伝えるとともに心からの感謝を述べたいと思う。そして、こうした仲間たちとの繋がりに押し出されるようにして、ようやく、まだ見も知らぬ人たちへの、根拠のない信頼にむけて、私という頑なな殻が破られていくかもしれないとも思っている。その意味でも、やはりこの本は、これからこの本を読んでくれる人たちがいることへの、まったく身勝手な信頼の結晶なのである。

本を出版するという暴挙（？）は、やはりいくらかの不安とおおいなる思い込みによって始められる勝ち負けのない賭けだという気がしている。そのような心許ない投企の機会を与えてくれたのは、前著『沖縄文学という企て　葛藤する言語・身体・記憶』（二〇〇三年）と同じく、インパクト出版会の深田卓さんである。末筆ながら、深田さんに心からの感謝を記したいと思う。出遭いは唐突に到来する。いかにささやかとはいえ、それはやはり希望と呼ばれていいはずである。

この本を通じて、そのような出遭いへの希望を繋いでいければと願っている。

二〇〇七年一〇月五日記す

初出一覧

序章

不可能性としての「自画像」（『沖縄タイムス』二〇〇三年四月一七～一八日）

第一章　反復帰・反国家論の現在

「にっぽんを逆さに吊す」――来たるべき沖縄文学のために（『日本近代文学』第七五集、二〇〇六年）
沖縄・歌の反国家―新城貞夫の短歌と反復帰反国家論（『国語と国文学』第九九六号、二〇〇六年）
沖縄でサイードを読む（『季刊前夜』第2号、二〇〇五年）
『人類館』断想（『季刊前夜』第9号、二〇〇六年）

第二章　日本語を裏切る

呼ばれたのか呼んだのか――デリダ『他者の単一言語使用』の縁をめぐって（『現代思想』二〇〇五年一二月号）
「愛セヌモノ」へ――拾い集められるべき新城貞夫の歌のために（『音の力　沖縄アジア臨界編』二〇〇六年）
日本語を裏切る――又吉栄喜の小説に於ける日本語の倒壊（台湾東海大学でのシンポジウム発表原稿、古川ちかし、林珠雪、川口隆行編『台湾・韓国・沖縄で日本語は何をしたのか』三元社、二〇〇七年）
沖縄を語ることの政治学に向けて（岩渕功一・多田治・田仲康博編『沖縄に立ちすくむ――大学を越えて深化する知』せりか書房、二〇〇四年三月）

第三章　元「従軍慰安婦」問題と戦後沖縄文学

奪われた声の行方――七〇年代沖縄文学を「従軍慰安婦」から読みかえす（『文学史を読みかえる7〈リブ〉という革命』二〇〇三年）

文学のレイプ――又吉栄喜『ギンネム屋敷』論・戦後沖縄文学における「従軍慰安婦」表象（ソウル大学でのシンポジウム発表原稿、報告書『継続する東アジアの戦争と戦後』掲載、二〇〇五年）

第四章　抵抗の現在

「日本復帰」への違和――境界を積極的に生きる勇気（『朝日新聞』二〇〇三年五月一五日）（初出タイトル　帰属すべき「国」への違和感――境界を積極的に生きる勇気）

炎上する沖縄で考える――米軍ヘリ墜落（『沖縄タイムス』二〇〇四年八月二四日）

資源化される沖縄の命（『図書新聞』二〇〇四年九月二四日）

差別政策への抵抗（『琉球新報』二〇〇四年一〇月一一日）

沖縄をめぐる「対話」の困難のなかから（『図書新聞』二〇〇五年三月一二日）

沖縄戦を語る言葉の到来（『沖縄タイムス』二〇〇五年六月二二日）

反省そして抵抗の再創造（『沖縄タイムス』二〇〇五年一〇月三一日、一一月一日）

国家暴力に抗する――私たちが生き残るために（『琉球新報』二〇〇五年一一月三日）

軍事支配の病理（『琉球新報』二〇〇六年二月二日）

日米「合意」と沖縄（『沖縄タイムス』二〇〇六年五月九日）

沖縄は「合意」の暴力を拒絶する――日本という「国家」からの離脱に向けて（『世界』二〇〇六年六月号）

新城郁夫（しんじょういくお）
1967年沖縄生まれ。立教大学大学院文学研究科博士課程単位取得退学。
現在、琉球大学法文学部准教授。日本近現代文学、沖縄近現代文学専攻。
著書
『沖縄文学という企て―葛藤する言語・身体・記憶』インパクト出版会、2003年（第25回沖縄タイムス出版文化賞正賞受賞）
共著
『井伏鱒二の風貌姿勢』至文堂、1998年
『沖縄文学選』勉誠出版、2003年
『沖縄の占領と日本の復興』青弓社、2006年
『文学史を読みかえる８』インパクト出版会、2006年
『沖縄映画論』作品社、2007年（近刊）

到来する沖縄
沖縄表象批判論

2007年11月15日　第１刷発行

著　者　新 城 郁 夫
発行人　深 田 　 卓
装幀者　藤 原 邦 久
発　行　㈱インパクト出版会
東京都文京区本郷2-5-11 服部ビル
Tel03-3818-7576 Fax03-3818-8676
E-mail：impact@jca.apc.org
郵便振替　00110-9-83148

ⓒSinjou Ikuo 2007
モリモト印刷

series 文学史を読みかえる

第1巻　廃墟の可能性　栗原幸夫責任編集　………2200円＋税
第2巻　〈大衆〉の登場　池田浩士責任編集　………2200円＋税
第3巻　〈転向〉の明暗　長谷川啓責任編集　………2800円＋税
第4巻　戦時下の文学　木村一信責任編集　………2800円＋税
第5巻　「戦後」という制度　川村湊責任編集　……2800円＋税
第6巻　大転換期　栗原幸夫責任編集　…………2800円＋税
第7巻　〈リブ〉という革命　加納実紀代責任編集…2800円＋税
第8巻　〈いま〉を読みかえる　池田浩士責任編集3500円＋税

series 音の力　DeMusik Inter.編

音の力　カルチュラルスタディーズ　…………2200円＋税
音の力　〈沖縄〉コザ沸騰編　……………………2200円＋税
音の力　〈沖縄〉奄美／八重山逆流編　…………2200円＋税
音の力　ストリートをとりもどせ　……………2500円＋税
音の力　〈ストリート〉復興編　………………2200円＋税
音の力　〈ストリート〉占拠編　………………2500円＋税
音の力　沖縄アジア臨界編　……………………2200円＋税

浦島悦子著　豊かな島に基地はいらない　……1900円＋税
浦島悦子著　辺野古　海のたたかい　…………1900円＋税
知念　功著　ひめゆりの怨念火　………………2000円＋税

インパクト出版会